日本人の日本人によるアメリカ人のための心理学

アメリカを訴えた日本人2

矢谷暢一郎

鹿砦社

日本人の日本人によるアメリカ人のための心理学

——アメリカを訴えた日本人２

矢谷暢一郎

鹿砦社

日本人の日本人によるアメリカ人のための心理学――アメリカを訴えた日本人2

目次

序章　アメリカ政府のブラック・リスト

　いったんアメリカ政府のブラック・リストに載せられると、本人が死んでしまうか、あるいは「カナダの首相」になる以外に、そのリストから外されることがないといわれて二十八年もの月日が経った。

　わたしはあれからまだ一度も死んだことがないし、四十四日間ニューヨークの連邦拘置所に閉じ込められたわたしを救出すべき端緒を作った『ニューヨーク・タイムズ』紙のクリフォード・メイ記者を含めて、誰一人「ヤタニがカナダの首相」になる可能性など微塵も期待していなかったことは今さら言うまでもない。

　しかしこの四半世紀以上、わたしが学会や一時帰国などの理由でアメリカを出国した後アメリカへの再入国に際して、アメリカ政府・入国管理当局は必ず特別のチェックを忘れることはなかった。

アメリカ出国の際は、「どうぞ、出ていってください。もうアメリカには二度と来ないように」というわけではなかろうが、何の問題もなく出ていける。

学会発表や研究の仕事を終えてアメリカに帰ってきた時や、一時帰省で日本に住む家族や友人との団欒のひと時を終えて、いい気分でニューヨークのジョン・F・ケネディ空港やシカゴのオーヘラ空港に戻ってきた時は、そうはいかない。飛行機を降りてパスポート・コントロール（入国審査窓口）まで足を運ぶと、必ず足止めを食う。

一日何万人という海外からの旅行客やアメリカ人乗客たちと切り離されるようにして、〝別室で取り調べ〟が始まる。水でもかけられたかのように、それまでのいい気分がいっぺんに吹き飛んで後味の悪さだけが襲ってくる。

再び逮捕、拘留となるわけではないだろう（?）が、二十五年間以上も続けられてきたアメリカ政府・国土安全保障省（Homeland Security）特有の、わたしに対する再入国歓迎儀式の一つである。

相方の奈那子や、二人の間に生まれたジャパニーズ・アメリカンの息子たち、壮良（Sohra）と宇意（Wii）にイヤガラセがあるわけではないが、一九八六年全米を騒がした「ヤタニ・ケース」以来、わたしとわたしの家族にとって、アメリカ政府のブラック・リストが今もなお波乱の海外生活にあっては、歌の文句じゃないが「刺さったままの割れガラス」となっている。

ブラック・リストは、その呼称が暗示するように、非公開である。

アメリカの法曹界では The Lookout System for Undesirable Aliens（アメリカに好ましくない外国人を警戒して取締る制度）といわれ、主に政治的・思想的にアメリカに都合の悪い外国人をリストアップして警戒し、入国を拒否したり、制限したりする手段に用いられる。

自由の国、移民の国アメリカで、「好ましくない外国人」とはどんな外国人であろう？ 犯罪人あるいは脛に傷持つ者、病人またとりわけ貧乏な人たちなど、三十以上のカテゴリーがあることはわかっているが、この分野に詳しい政治家や法律家に言わせると、ほとんどが政治的・イデオロギー的にアメリカに都合が悪い外国人だそうである。

政治的、イデオロギー的に好ましくないというのは極めて主観的、恣意的、ご都合主義で、政治・思想上の「自由」とまったく相容れない態度・行為である。表現の自由も含めた自由の国アメリカは、自由においては世界のチャンピオンの国と思われていたが、実は当のアメリカ人はもとより、世界中の人々の思い違いだったかもしれない。「ヤタニ・ケース」は一九八〇年代、アメリカに好ましからざる外国人が急激に増えたことも含めて、このアメリカの「神話」を世界中に暴露した、稀な事件だった。

当時わたしの弁護を引き受けてくれた「人権擁護委員会」のアーサー・ヘルトン氏によれば、

その数、三十五万三、三二四人（！）、世界一四六国に上る。因みに、日本人は四、三九三人。

米ソ冷戦の最高潮、悪の帝国と戦ったロナルド・レーガン大統領時代のアメリカだった。『ニューヨーク・タイムズ』の一面のトップ記事（1991/5/21）、"Challenging the Cold War : A Scholar Fights the 'List'"（冷戦に挑戦：一人の学者、リストと闘う）が示すように、わたしの「ブラック・リスト抹消訴訟」（ヤタニ・ケース）は、アメリカ全土を自由と人権を求める抗議の渦に巻き込んだ。

たった一人の挑戦は一個人を越えて、元々はみな外国人だったアメリカ人共通の道義を貫くために、マスコミ、法曹界、民主党の議員たち、そして多くの一般の人々がわたしをニューヨークの牢獄から首都ワシントンＤＣの議会公聴会にまで運んだ。

わたし個人から始まったアメリカを訴える「ヤタニ・ケース」は、太平洋と大西洋をも越えた。日本では新聞、週刊誌、テレビが報道し、普段は黙りこくって国民の人権や福祉にあまり積極的ではないといわれる日本政府も外務省の領事課長氏を通して「矢谷氏救出」（？）の外交努力を説明せざるを得ないほど、アメリカ政府に対する日本政府の弱腰ぶりを批判されていたそうである。「（ヴェトナム戦争反対の活動家で、テロリストかコミュニストの疑いで『ブラック・リスト』に載せられ、それを根拠に逮捕、拘留、アメリカ国務省からヴィザをも取り消され、海外追放されかけた、アメリカに好ましくない）矢谷氏を日本側においても調査し……、その上でワシントンの日本大使館より米国務省に対し、査証取り消しを再検討するように要請しました。その結果、釈放されたのです」（外務省領事第二課長本田均領事、一九八六年九月二十五日、朝日新聞『論壇』から）。アメリカ政府に挑戦する平和・人権運動を続ける名もない一学者を日本政府が支援した稀な、本当に稀な例ではなかろうか（!?）。

アメリカ政府から嫌われた、アメリカにとって政治的・思想的に好ましくない外国人三十五万三、三二四名を抱える一四六の国々は、ヤタニ・ケースからアメリカ政府のヴィザ発給方針が自由と民主主義に反する極めて「反アメリカ的な排斥・排外」政策であることを感じ取ったに違いない。

ヨーロッパ最大の英字新聞『インターナショナル・ヘラルド・トリビューン』紙は、一面で“Japanese Teacher's Ordeal Renews Calls for Reform of U.S. Entry Laws”（日本人教師の試練、アメリカ入国法の改正を要求）を報道、テレビ局ＣＢＳは、英国大学教授連盟の代表者ローリー・セイファー氏の「政治思想・信条の理由で入国拒否をするアメリカの国境をイデオロギーで塞ぎ固める狭量」を批判したインタビューを放映、ドイツテレビ局ＤＥＦはわたしへのインタビューを中心に一時間のドキュメンタリーを制作・放映した。

地方新聞やローカル放送局は、全国紙や主要テレビ・ラジオニュースを拾って、「ヤタニ・ケース」を小さいうねりではあったが波及させたという。

二〇〇一年の9・11以来そのリストは飛躍的に分厚くなったらしい。

米ソ冷戦が終わってアメリカの「敵」がいなくなった二十一世紀に入って、好ましくない外国人が減るどころか大幅に増えたことになる。National Security Agency（NSA、国家安全保障局）の秘密情報を暴露しロシアに亡命したCentral Intelligence Agency（CIA、中央情報局）の元職員エドワード・スノーデン氏は、自由と民主主義の自分の国が世界中をスパイしていることに恐怖した。

今日アメリカに好ましくない外国人が一体全体どのぐらいリストアップされたかは知る術もないが、ブラック・リストに載せられた何十万人の一人として、これからも生きていくことになる。

刺さったままの割れガラスを体内に残したまま……。

第一章　アメリカ人学生と日本人心理学教授

日本人がアメリカで心理学の先生をしていることを不思議がる人が多いかもしれない。大リーグで野球をしたり、ハリウッドで俳優をすることに似ていないわけでもないが、日本人の心理とアメリカ人の心理はそもそも異なるものだし、何よりもアメリカ人が先生で日本人が学生というのはよくある話だが、日本人が先生でアメリカ人が学生というのがちょっと気になってしまうらしい。

「兄《あん》ちゃん、アメリカの学生さんたちはどうかいね？」

この夏死んだ親父は、ニューヨークの片田舎で大学教授をする息子のわたしを「あんちゃん」と呼び、時々そんなことを尋ねた。

電話口の向こうでそう尋ねる時の親父は、たぶんわたしのことがうれしかったのかもしれない。過去いろいろとあって、同級生や同じ年頃の人たちには出遅れたが、それでも日本海の離れ島、隠岐の島では最も尊敬を集めた医者と学校の教師という職業の一つに、自分の息子が就いてくれた、それもアメリカの大学で。

うれしいが、身近にいない寂しさもあってか、とりたてて用事がない時でも日本海を越え、太平洋を越えて地球の反対側まで電話をしてきた。

アメリカの学生さんたちはどうかいね、と訊くおやじは、英語で話す若いアメリカ人学生のことが気になって仕方がないというよりは、アメリカ人の学生たちに教鞭を執る日本人の息子が気になって仕方がない、という感じだった。親父もおふくろも、大学の先生のほうが学生さんたちよりもエライと思っているものの、アメリカ人のほうが日本人よりは優れているのではないかとずうっと気になっていた世代ではなかったか。

アメリカに戦争で負けた両親の息子は、大学教授であっても日本人である。

戦争に負けて、わたしが生まれた。親父は静岡県の「浜松航空隊」に配属されたパイロットであったから、遠からずアメリカの敵艦に体当たりするはずであっただろうことは想像に難くない。「戦後」がもう一週間でも延びておれば、わたしはきっと生まれてこなかったはずであるし、後年アメリカの大学も数少ない日本人心理学教授を雇うことはかなわなかったはずである。

大学の先生としての心構えから言えば、二文字の「戦後」は、「三百万人以上の犠牲を強いられた敗戦の後」と言い換えるべきだが、戦後の平和と民主主義の教育で育てられたわたしたちは、大学生になった頃だんだんと激しさを増すアメリカのヴェトナム戦争に抗議し、講義やクラブ活動をサボって街頭デモに参加した。

それから十数年が経って、アメリカは既にヴェトナム戦争で負け、学生たちは市民社会に入り、日本が未曾有の好景気をなしていた頃、太平洋の彼方からニュースの一部が届いた。

「……オランダでの国際政治心理学会からの帰途、ニューヨークの大学に戻ってきた日本人留学生がケネディ空港で逮捕される。

アメリカ連邦拘置所に四十四日間拘留。

アメリカの国家安全と国民の利益に害を及ぼす思想信条を持つ危険人物として、国務省のブラック・リストに載る！」

テレビ、新聞、ラジオとアメリカ全土を騒がせた五年後に、その留学生が心理学博士としてアメリカの大学の教壇に上がることとなった。

心理学とは何か？

新学期が始まるといつもそう感じるのだが、最初の一週間「一般教養心理学」の講義の教室に出向く時、デートの待ち合わせ場所に行くほどワクワクする。

しかも待っている相手が、若くてピチピチしたアメリカ人学生たちであるといえば、ひょっとすると日本人誰しもがアメリカの大学教授になりたがるのではないか？

自分のオフィスからいつもの教室までは、歩いて五分足らず。何を話すか考えをまとめるにはちょうどいい距離で、歩を進めるのが楽しいほどである。ニューヨークの田舎、アルフレッドの新学期の秋は特に美しい。

二階への階段を昇り、ドアを開けると一斉に学生たちの視線が飛び込んでくるのがわかる。一クラス三十名ほどだから六十余りの視線。何年経っても、ちょっと緊張する瞬間ではある。テーブルの上に鞄を置き、無言で「心理学とは何か？」と黒板に書く。背中に集まる視線をいくぶん気にしながら、その下に自分の名前を書く。教科の担当教授が誰かということで、ほとんどの教授たちが最初のクラスでする習慣的な行為ではあるけど、ここ二、三年わたしはいつも英語の綴りの直後にひらがな、カタカナ、漢字で名前を書き加えた。

その瞬間、教室にちょっとしたざわめきが起こるのが、彼らを背にしたわたしにも感じられる。そのちょっとしたざわめきに満足して、振り返り、最初のクラスの最初の挨拶をする。

「一般教養心理学担当のプロフェッサー・ヤタニです。ドクター・チョウイチロウ・ヤタニです。よろしく」
二、三秒前のざわめきはもうどこにも聞かれない。学生たちにとっては、目の前のわたしがもう間違いなくれっきとした外国人であり、その異邦人から発せられたアクセントの強い彼らの母国語に、先ほどのざわめきは少し不安がかった驚きでいくぶん緊張を高めている。
この種の緊張感は、実はこれから学習するメイン・メニューへの食前酒かオードブルみたいなものであるからして、必要条件だと確信してきた。彼らの緊張感を漂わせている視線に自己満足を覚え、その自己満足の分だけいつもより余分な微笑顔を向けた。

「見てのとおり、あるいは聞いてのとおりともいうべきか、わたしは外国人でありますが、どこの国から来たかわかりますか？」

「……」

わたしの微笑顔で緊張がややほぐれたものの、答える積極性にまでには至っていない雰囲気。間違った出身国名を言ってはならないという、学生たちの先生に対する気遣いがあるかもしれない。

「もしわたしがあなた方の名前を間違った発音で呼んだら、その非礼を許してほしいと前もって言っておきます。アシュレー・Aさん、わたしがどこの国から来たと思いますか?」

手元のクラス名簿にある学生たちの名前を、アルファベット順に点呼、質してみることにした、出席点呼も兼ねて。

「チャイナ」

名前を呼ばれて手を挙げた女子学生は、緊張した面持ちで、少しためらい気味に「チャイナ」と答えた。ジャパンと言われなくとも、この五、六年余り気にならなくなってきた。

「中華人民共和国ですか、中華民国ですか?」

「わかりません」

赤茶けた髪に手を添えて、はにかみながら、アシュレーはちょっと肩をすくめた。

「わからないというのは、わたしが中華人民共和国からか中華民国からかがわからないのですか? それとも、わたしがどこの国から来たのかがわからないのですか?」

心理学のクラスであって、世界地理の授業ではないと不満を言いたそうな四、五人の視線に出会うが、アジアでは未だ冷戦が終わっていないのだと思えば、決して悪い質問ではないはずだ。冷戦に勝ったと得意になっている多くのアメリカ人には、必要な質問だとも思える。

「どっちの国でも大してかまわないんじゃない。だって、どっちにしてもチャイニーズなんだから」

「その答えは、そんなに悪いとも思わないが……、あなたの名前は？」

「レイチェル・Hです」

　一番前の正面の席の女子学生が、アシュレーとわたしのやり取りに加わった。頭の良さそうな学生が前の席に座るのは、今学期も同じ傾向だ。

　この傾向は、学生の成績と前か後ろか着席傾向を調査した心理学上の研究でも、その相関関係が認められている。小・中学校では常識と思えるほどに先生方の支持がある生徒の態度・行動でもある。レイチェルの発言に、そうだ、そうだといった賛同の声が聞かれ、部屋の空気がいくぶん華やいだ。

　国は違っても、人々はみな同じ民族なのだ……。泣けるほどにうれしいことを言ってくれてはいるのだが、高校を出たばかりのレイチェルが、同じ民族が二つの国に分断させられている政治や歴史に深い関心があるとは言い難い気もした。これはわたしの偏見かもしれないが、東西や南北に国を割る戦後の国際政治の立役者はアメリカと英国であり、冷戦後唯一つのスーパーパワーとなったアメリカ社会の入口に、大学生となったレイチェルは立っている。

「わたしの質問に対しては、いい答えではありますが、わたしはチャイニーズではありません。でも、どうしてチャイニーズだと思ったのでしょう？」

「先生はチャイニーズに見えるから」

何人かの明るい笑い声が聞こえた。

「そうですか。わたしがチャイニーズに見える。レイチェルさんはチャイニーズの友人がいますか、わたしによく似たチャイニーズとか？」

「いいえ、まったくいません」

「アシュレーさんは、どうしてわたしがチャイナから来たと考えたのでしょうか？」

初めに質問に答えた彼女を無視してはいけない。

「どうしてそう思ったのかは、わかりません……」

「チャイナ、と発言したからにはその根拠があるはずなのですが、あなたはわからないと言う。心理学的に極めて興味深い学生ですね、あなたは」

教室が一斉に笑いに包まれた。第一章のテーマの中身を誰一人気づいてはいないのだろうが、いい滑り出しだ。

「わたしがチャイニーズに見えませんか？」

「見えると思うけど、先生は今さっき、チャイニーズではないと言いましたから……」

「ヴェトナム！」

突然、新しい国名が飛び出してきた。

「君の名前は？」

「マーク・Ｐです」

「マーク君、残念ながら、わたしはヴェトナム人ではありません」

「シット！」

笑い声はさらに大きく広がった。シットというのは日本語に直すと糞のことだが、学期初めの最初のクラスで初対面ので外国人教授に向かって「糞ったれ！」と毒づいたとは思えない。いくぶん縮れかかった金髪の好青年の表情から推測すると、「チェッ、マチガエチャッタカ！」ぐらいの軽い自責の表現であろうか。

「単なる推測だけど、先生はヴェトナム人に見えるよ、僕には」

「君にヴェトナム人の友人とか知り合いが……」

「ゼロ。全然いません」

「年齢はいくつですか、マーク君は？」

「一九八八年二月二十日生まれ、十八歳」

ブッシュ大統領のお父さんの湾岸戦争は憶えていても、ヴェトナム戦争はわたしにとっての第二次世界大戦よりはずうっと彼方のことではなかろうかという世代。

「ご家族かご親戚にヴェトナム戦争に行った方は？」

「知りません。たぶん誰も行っていないと思う。そういう話は聞いたことがないし、昔のことはあまり話さないから……」

昔のことだ、とマーク君はこともなげに言った。彼の先生の学生時代は、ヴェトナム戦争とヴェトナム反戦運動の真っ只中だったというのに……。

マーク・P君の返答で、わたしの知的好奇心が冷や飯を食わされていた間、アフガニスタンとイラクで五年間も続く新しい戦争と、それ以前から続いているコンピューターによる戦争ゲームで育てられてきた大学新入生たちは、競うようにしてわたしが来たと思われる他のアジアの国々を拾い上げた。タイ、コリア（大韓民国か朝鮮民主主義人民共和国かは定かではないが）、ジャパン、インドネシア、と彼らの頭の中にあるアジアが見えてくる。

「ちょっと待っていただきたい。チャイニーズに見えたり、ヴェトナミーズに似ていたり……、わたしの出身国がタイや大韓民国、朝鮮民主主義人民共和国という声もありました。日本とかインドネシアも。わたし自身、一体全体どこの国から来たのかわからなくなってきました」

十分ぐらい前の緊張感はどこかへ消え去り、劇場のような賑やかさである。

「正解はジャパン。あなた方の心理学教授は日本から来た日本人です。よって、すでにおわかりのように、言葉に強いアクセントがあり、英語が聞きづらい人もいるかもしれません。みなさんの中で、日本人を含めた外国人の先生から講義を受けた学生はいますか？」

手を挙げた学生は誰もいなかった。移民の国とはいえ、ニューヨーク州の田舎町にはまだヨーロッパからのアメリカ人がほとんどで、アジアからのアメリカ人は極めて少ないようだ。アメリカに住むアジア人は約一五〇〇万人で、全人口に占める割合は約五％。多くは大都市やその周辺に住むから、田舎ではめったにお目にかからないアジア人である。しかも、アメリカで教職という仕事に携わるアジア人となると、学生たちが接する機会はさらにグーンと減ってくるに違いない。

挙手のない代わりに、すべての学生たちが周囲を見渡した、外国人教師の授業を受けたような変わり者がどこにいるかというふうに。変人が誰一人見えないことで、何か安堵した空気が一瞬教室に漂ったが、その空気は十分ほど前の緊張にもいくぶん似かよった感触がした。教壇のわたしが場違いでもあるかのように……。

「日本に行ったことのある人は？」

わかりきった答えの代わりに、再び変わり者を探すかのようにみんなが周囲を見渡した。同じ質問を、日本の大学でしたいものだ、アメリカの大学に行ったことのある学生は？

「わたしの最初の講義は『心理学とは何か？』についてですが、その前にもう一つ尋ねたいことがあります。わたしの国、日本が世界地図の中でどこにあるのか教えてほしいのです」

世界地図を探した。ここは三つ目の大学だが、どういうわけか世界地図の掛けてある教室に出会ったことがない。心理学などを講義する教室には、地図など不要ということなのだろうか。地理や国際関係学じゃあるまいし、ないのが当たり前だといった学生たちの表情もある。

「地図がなければ、この黒板に世界地図を描くことにしましょう」

縦四フィート横十フィートほどの黒板を指差し、わたしはすべての学生たちに協力をお願いした。真ん中ほどに縦にチョークで線を引き、右半分に世界地図を描いてもらおうという提案である。アシュレー・Aの次の学生を名簿に探した。教室のあっちこっちから、ちょっとした騒音が起こっている。躊躇した、落ち着きのない雰囲気が感じ取られる。

「クリスティ・Aさん、どうぞ」

呼ばれたクリスティは、肌に密着した赤っぽいシャツをいくぶん引き下ろしながらも、かなり露出したヘソ出しルックを誇示していると思われる足取りで黒板に向かって進み出た。

それからの二〜三十分ほどの間に起こったことをどう説明しようかと、ちょっとペンが立ち止まったままである……。

事実は小説よりも奇なり、とか、作家は戦場で戦争小説が書けない、とかいったことではない。日本人のわたしが、アメリカとアメリカ人に対して今まで抱いていた考えがひっくり返ってしまった、といった大激震に襲われる体験といっても大袈裟だと思わないでほしい。

出来上がってきた世界地図は、オムツが取れたばかりの子供が過ってお漏らしした布団のそれだった。アメリカとカナダ、メキシコの一部はそれとなくわかっても、他の国々は存在が疑われるほどにいびつで、国境など考えつかないほどに形が崩れ、ほとんどが大西洋や太平洋、インド洋に沈没してしまったのではないか、という気がした。自分たちの国の政治家たちや世界最強の軍隊が誤った情報で侵略した戦争の泥沼で、今でも立ち往生させられている国々もあるというのに……。

いや、自分の学生たちを貶すことは極力避けなくてはならない。それは、卒業はしなかったが入学した大学の創始者が最も嫌ったことであったから。最高学府の使命と教育の目的を放棄することに等しいと、一三〇年も前に言われたことだった。

トップ・バッターのクリスティは、しみ一つない黒いキャンヴァスに向いてどこから始めようかと迷った素振りを見せたが、〝USA!〟〝USA!〟〝USA!〟と叫ぶ熱狂的なクラス・メートたちに励まされて、東海岸のマサチューセッツ州辺りからチョークを走らせた。

白い線はかなりスムースに南下し、フロリダ州のマイアミ付近からメキシコ湾を左へと進んだ。チョークの白線が太平洋のあたりと思われるところまで来た時、級友たちの承認を得るかのごとく後ろを振り返り、少し微笑んだ。

微笑を続けながら、左手のチョークは一気に上昇した。USA・アメリカが出来上がった。大きな拍手が部屋一杯に広がり、その拍手に迎えられるようにクリスティ・Aは悠々と席に着いた。たとえ大学であれ、こういったアメリカ人の無邪気さがわたしは大好きだ。

二番手のスティーブ・Bは、形のいい二等辺三角形を、アメリカの左下に付け加えて、三角形の横にメキシコと国名を書いた。もし国名がなければ、算数のクラスと間違えそうな形のいい三角形だった。拍手と一緒に二、三の口笛も鳴った。

次のエミリー・Bは、「メキシコ」のやっと二倍ほどの楕円形をその下に無造作に描いた。拍手と口笛の中で笑顔で席に戻る彼女を引き止めなければならなかった。

「エミリー、ちょっと見て。あれは南アメリカだと想像するのだけど、北アメリカに比べて小さすぎやしない!?」

「だって、スペースがないじゃない」

振り返った女子学生は、弁解ではなく抗議に近い口調と一緒に席に着いた、肩をすくめるのを忘れずに。クリスティの「USA」が、とてつもなく大きすぎたのだ。

デーヴィッド・Cはみかん箱のような白線の箱を「USA」の上に積み上げ、その中に「カナダ」の横文字を書き入れた。ドーリン・Dは、黒板の天辺までチョークを届かせ、「アラスカ州」を加えた。そのためかと思われるほどに背の高かった彼女は、両方の親指を天井に届かんばかりに突き立てて席に戻った。拍手と大歓声はドーリンの目的達成を祝福するためだけのものではなく、「カナダ」の半分以上の大きさの「アラスカ州」を誇るようなそれだった。しかし、お祭りはここまでだった。

六番目に呼ばれたシャノン・Dは立ち上がったが、前に進むのをためらって立ちつくしたままでいる。それで、騒ぎも収まったようだった。

「できません……」

「世界にはまだ多くの国々があるはずなんだが……」

強制することもない。次の名前を呼んだ。ジェイソン・F君はチラッとわたしを見ただけで視線をずらした。瞬間だったが、自信のなさそうな彼の目配りで、次を点呼せざるを得なかった。マクドナルドやピザハットには一度も行ったことのないような体躯を思わせ、その偏見にわたし自身が気恥ずかしくなったのかもしれない。

気後れして、頭文字Gに進むことにした。二人の辞退で、祭り気分がやや湿っぽくなってもいた。

呼ばれたチャッド・G君は、走るように素早く黒板まで出てきた。そして、前に進んだ同じ速さで、今度は幅の広い上弦と下弦の三日月を思わせる白線を黒板の上下に走らせ「アークティック」「アンタークティック」と書き素早く席に戻った。北極と南極も世界なのだ、一国の領土権や主権のない人類と自然界が共存する世界であっても。チャッド君の動作の速さは、高校の地理のテストの失敗を誰にも悟らせないほど迅速だった。その速さのお陰もあってか、彼の動作に笑いが生まれ、湿りっ気がちょっと乾いた。しかし、まだヨーロッパもアフリカもアジアも見えないのはどうしたことか。

「学生諸君の多くは合衆国生まれだろうが、家族や先祖はみなヨーロッパや中近東、アジアからの移民だと思うのだが……。言うまでもないことだが、アフリカから無理やりに連れ出されてきたアメリカ人もいた……」

　順番が回ってきたからであったが、自分の出身国を思い出したかのようにマイケル・H君は、「アメリカ」の北東三〇センチメートル付近に縦に崩れた小さな長方形を描いた。「イタリア」と小声でわたしに告げて席に戻った。長靴に似てないこともなかった。

「ありがとう、マイケル君。次はイヴォン・Hさんです」

　小柄なイヴォンは長靴のちょっと上のほうに、それと同じような大きさで二つの楕円形を加えた。わたしはふと正月の鏡餅を想った。彼女の家族はアイルランド系アメリカ人だろう、イヴォンという名前と華奢な体つきからして。

　大きいほうの餅は「イギリス・スコットランド」のつもりだろう。心理学を教えて十年以上になるが、どういうわけかイギリス出身の留学生には一度も会ったことがない、と急に思い出した。

　イヴォンの後には、チャールズ・Hが続いた。ニコニコと笑顔を見せながら、鏡餅の下にさらに大きな楕円形を描いた。描いたもう一つの餅のような楕円形の下部が、長靴の上にくっつくように二、三度描き直してから、その中にヨーロッパと書いた。白い餅に似たヨーロッパは、二十を越すユニークな国々の表情を持たず、十九世紀を誇った歴史は想像もできなかった。

「チャールズ君の家族はどこからアメリカに移ったのだろうか？」

「父方はイタリア系で、母方はドイツとアイルランドの混血です」

「君はイタリア語が話せますか？」

「高校時代にスペイン語は四年間も勉強したけど、イタリア語は話せません」

「スペイン語で言ってくれませんか？『きょうはなんというすばらしい秋日和でしょう！こんな日は心理学なんかやめて、彼女と一緒に教室の外で遊びたいものだ』」

〝No way!〟（「絶対言えないよ」）

そんなこと難しすぎて言えるはずがない、と言いたそうな口調だったが、また祭りが戻ってきた。頭が良すぎて周囲を辱しめるのは格好良くないことなのだ。他人が格好悪いのは大歓迎ではある喝采だった。

「イタリアに行ったことはありますか？」

「ありません」

苗字の頭文字がMで始まる四人の学生たちの共同合作がアジアであった。といっても、ジェイソン君、ケリーさん、ジェニファーさんにマット君が同等に参加したわけではない。ジェイソン・Mはチャールズの描いたヨーロッパの右端から、その平べったい餅の三倍もの大きさの楕円形を描いて席に戻った。

「あの風船みたいなのは何ですか、ジェイソン君？」

「アジアですが……」

何か気に食わないことでも、と不思議そうな表情を見せた。

最近までスーパーパワーだったロシアも、四千年の歴史と現在ではアメリカの労働市場（共産主義者たちが治める中国なしでは資本主義国のアメリカン・ドリームは実現できない）となり二十一世紀にはアメリカをも凌駕し超大国となる中華人民共和国も、インドも東南アジアの諸国も飛んでいってしまいそうな風船のように頼りなく浮かんでいた。

薄い緑のシャツと白いショートパンツの軽い服装に、はちきれんばかりの身体を包んでいるケリーは前に出てきたが、チョークを握り締めたまま立ちつくし、他にも国があったかしら、といったふうにわたしを見た。思いつかなければいいですよ、と顔をしかめたわたしの助け舟に乗って何もせずに席に戻った。

次のジェニファー・Mは「わたしもケリーに賛成」とばかりに、立つことすらせず椅子に座ったままであった。もう、大した国なんてないんじゃないかしら、描く必要もないもの、と笑顔で肩をすくめた。

「僕はどこに日本があるかを知っています」

マット君は、出来上がりつつある世界地図に、日本がないことでわたしに失望を認めたのだろうか、わたしの手からチョークを拾った時、小さい声で、「心配しなくていいです」と呟き「ジャパン」を描き加えた。

両方の親指を突き立て、得意げに席に戻る好青年マットは、彼の日本人教授のさらなる失望が太平洋の底に深く沈んでしまったことを知らなかったようである。彼の「ジャパン」はわたしの母国からはずうっと南西に下りた「インドネシア」の位置に、縦長ではなく、横長く寝そべっていた。これだと、日本国民が「北朝鮮」の核兵器に夜も寝られぬ異常な騒ぎになることもない……。マット君はそんな気遣いをしたのだろうか……。

三十を越すアジアの国々が一つの風船に包まれた後、ケートリン・Nは仕上げでもあるかのように、アフリカを描いた。南北アメリカ大陸とヨーロッパの餅とアジアの風船に比べれば、凸凹もしっかりしたアフリカだったが、北半球の重さでたえだえしく息している悲しさが印象的だった。しかし、ケートリンのアフリカに拍手が起こった。彼女は隣の席のレイチェル・Hと顔を見合わせ、ニッと笑った。アメリカ人学生たちの拍手を日本語訳にすれば、世界地図にアフリカがないのは画竜点睛を欠くに似たり、ということであろう。わたしもケートリンに礼を言わなくてはならない。アフリカを見て、わたしもまた太平洋の底から浮き上がりつつあった。

まだ二十名近い、名前を呼ばれていない学生たちがいたが、「心理学とは何か?」を語らねばならない。

「みなさん、ご協力ありがとう。ここに世界地図が出来ました。といっても、わたしが今までに見たことがないようなとても歪んだ世界ですが……」

感謝の言葉が一区切りもしない内に、爆笑が教室を満たした。笑いは意外と明るく、乾いており、自分たちが描いたにしては無責任さを通り越し、恥辱をも克服した幼な子の無邪気さがあった。

「一般教養『心理学』の第九章で『児童・発達心理学』を勉強しますが、あなた方の描いた世界は、トイレット・トレーニングに失敗した幼児の寝小便の跡のようだとは思いませんか?」

笑いは一オクターブ高くなったが、それはわたしの比喩を納得し承認してのことだった。

「これだと、『ジャパン』が……、わたしが生まれ育てられた国ですが……、どこにあるのかもわかりません。太平洋の海の底深く沈んでしまったとさえ思えます。マット君の『日本』はインドネシアのジャワ島と混同したのではないだろうか?」

二十分ほどの間に起こったことは、心理学的に言えば「認知地図」の現象である。どこの小中学校の教室にもあるような世界地図の実物が、アメリカ人学生たちの頭の中にあるわけではもちろんない。彼らは「世界地図を描くように」と言われて、その形のイメージを脳の中に捜し求めた。自国のアメリカ合衆国と、隣接するカナダ、メキシコはそれとなく浮かんでくる。それは日々の学校生活や家庭・地域の日常生活でしょっちゅう出てくるのだが、ヨーロッパやアジア、中近東の諸国ははっきりと形をとっては現れない。

日常生活から遠ざかっているのみならず、旅行したり、世界の地理や歴史の授業をしっかり受けたり、新聞・雑誌・テレビなどでしょっちゅう接していないと、頭の中に明確な形としては残象しない。鏡餅や風船みたいに単純化し、全体としては寝小便の跡とそれほど変わらないものになってしまうが、それでも彼らの脳の中に存在していないわけでもない。日本とか中国、イラクとかイスラエルと国名を聞けば記憶がよみがえることもあるし、意識もできる。

ところが、地図に描けないという現象はどう理解すればいいのか。

アメリカにおける心理学は、刺激と反応の統合を持って学習を説明しようとする行動主義的な学習理論が主流を成すと思われるが、「認知地図」(cognitivemap)を説く認知心理学によれば、自然界の空間にある諸関係の構成要素の認識に基づいて学習がなされるという。

例えば、カリフォルニア大学のエドワード・E・ソーンダイクの実験に見られる、ネズミの迷路学習が代表的なそれである。Aという地点から出発したネズミが、さまざまな迷路を通って、やがてBという地点に置かれたエサにたどり着く学習実験。行動主義の学習理論からすると、通路のさまざまな刺激とそれに反応するネズミの筋肉の動きの結合によって、エサをとる学習が習得されると説く。

認知学習理論では、エサがどこにあったかという「認知地図」を脳の中にイメージすることによって、エサにありつく学習がなされる、というのである。さらに推し進めれば、学習とは行動上における刺激と反応の結合ではなく、手段と目的の関係を知る意識の形成に注目するということである。

「みなさんの国、アメリカ合衆国と隣のカナダ、メキシコは何とか辛うじて脳裡、すなわち大脳皮質の上方部分の頭頂葉には存在するのですが、ヨーロッパ、中近東、アジアは、あるにはあるとはいえ、極めていびつで、曖昧で、不明瞭です。これは一体全体どういうことなのでしょうか?

自慢していいことですが、アメリカ合衆国は世界のリーダーです。スーパーパワーという言葉に象徴されるように、政治・経済・軍事に至るまで文字どおり超大国であり、それらは際立っています。ところが、きょうの世界地図作りで明らかになったことは心理学的にとても興味深いことでした。超大国アメリカの国民であるみなさんの、近い将来アメリカを担っていく大学生のみなさんの『認知地図』に、世界がボヤケて、見えなくなってしまっている。

心理学的にとても興味深いことではありませんか？　ニューヨークの国際貿易センター、ツイン・センターが攻撃された9・11以来一年間続いたアフガニスタン戦争時に、ナショナル・ジオグラフィック社（National Geographic Society）が行った全米での調査がありますが、十八歳から二十四歳のアメリカ人の内、八三％のアメリカ人は白世界地図でアフガニスタンがどこにあるかわからなかったそうです。すぐ戦争が起こるイラク戦争のイラクは同じ年齢の八七％の若いアメリカ人世代がまったくわからなかったそうです」

「プロフェサー・ヤタニは、僕たちが馬鹿者の集まりだ、と言っているんですか？」

「すみません、あなたの名前は？」

「ジェフ・Sです」

ジェフ君は、bunch of the stupid（バンチ・オヴ・ザ・スチューピッド：馬鹿者の集団）という英語の言い方を使った。

「そうは言っていません。先生が学生をバカ扱いすることは、即教師の資格を失うことだと教えられてきました。誰からかって？　アメリカ人たちからです。わたしが行った京都の大学の創始者と、当時数少なかった教授陣は、学生たちの失敗を自分たちの失敗として責めた、そんな大学でわたしは勉強しました。創始者の名前は、新島襄。ここでは名前が先で、苗字が後ですから、ジョウ・ニイジマといいました。インターネットで探せばすぐわかります。

武士でしたが、アメリカに来てから洗礼を受け、Joseph Hardy Nijima（ジョセフ・ハーディ・ニイジマ）で検索できます。

新島襄は一八七〇年、マサチューセッツ州のアーモスト大学を卒業し、一八七五年にキリスト教を精神に学校を設立しました、天皇家の御所と禅寺の総本山相国寺の間にです！ 黒板の世界地図に日本があったらな……」

見つかれば死刑であった江戸幕府の国禁を犯してアメリカに密航した新島襄が、新教徒のピューリタニズムに影響され、自由、平等、良心の闊達、人格の尊厳、独立、自治の思想を持って国家の改革を目指し、明治の初めに建てられた同志社。一三〇年後に、アメリカの大学でアメリカ人の学生たちに「学生をバカにしてはいけない」などと言わなければならないのだろうか？

「世界の指導者である国の国民が、世界地図を知らないとは矛盾していないでしょうか？それにとても興味があると言いました、心理学的に考察するならばですが」

わたしは振り返って、行動と心の諸活動を科学的に学問すること。オネショのような世界地図の反対側左半分に最初に書いた「心理学とは何か？」の問いの下に書き加えた。

「ひと言で言うと、心理学とは生物の行動とさまざまな心的活動を科学的に勉強する、と言っていいでしょう。行動とは、目に見える、観察できる、測定できる具体的な生物（主に人間と動物です）の行為のことです。あなた方が毎日行う勉強、食べる行為、飲んだり、歌ったり……、ちょっと待ってください。自由の国アメリカでは満二十一歳未満の飲酒は違法ですから、飲まないように。未成年の若者の飲酒や麻薬使用は心理学では重大な研究課題です」

笑いが起こった。その笑いの中に先ほどのジェフ君もいた。機嫌が直ったか？

「わが大学の調査によると、二十一歳未満学生たちの八五％が酒を飲んでいるという報告があります。バンチ・オヴ・ザ・ドリンカーズの法律違反学生たちがいるわけです」

笑いはさらに膨れ上がったが、ジェフ君も含めて誰一人わたしに不平を向ける学生はいなかった。世界地図の件と同様、事実は事実として明らかにされたのだが、異なった心理が働いているらしい。

「怒ったり、泣いたり、喚いたり、物を投げつけたり、その他暴力を振るったりすることも研究対象です。殺す行為も重要な研究テーマです。この町アルフレッドで人殺しをすると罰せられますが、イラクのバクダッドで人殺しをすると勲章がもらえます。同じ行為でもその結果で、punishment（罰）か reinforcer（強化因子）の刺激を与えて、その行為の生起を弱めたり強めたりする研究は、第七章で詳しく勉強することになります。

あなた方のような若い人々がとりわけ興味のある接吻、それから興奮が高まって性交に至る肉体行動も人気のある単元、動機づけ（motivation）で勉強します。結果としての出産も面白いトピックになります。また卒業後三十数年間、人生の三分の一以上を占める労働も、産業・組織心理学で学びます。

死んでしまうと、行動の研究を外れますが、死につつある過程では、これはもう魂を奪われるほどに興味深い研究となります。

他方、心の活動、精神の活動というのは目に見え、観察できるものもあれば、まったく目に見えない場合もあります。うれしさ、悲しさ、幸福感や不幸感などの感覚と知覚。思考や思惟、想像などの心的活動や知的活動などもです。

さらには、無意識の存在とその絶大なる行動への影響・作為の力を説く心理学も極めて面白い勉強です。

教科書の第一章の終わりに、これらを研究する目的で五十を越す分野を紹介してあります。いくつかを紹介してみます。生理心理学、社会心理学、実験心理学、宗教心理学、認知心理学、発達心理学、パーソナリティ心理学、比較心理学、臨床心理学、コミュニティ心理学、健康心理学、消費心理学、教育心理学、五十を越す分科会がありますが、ここまでにしておきます。

向学心が刺激されましたか？」

くだらない問いかけをした自分を恥じるべきだ。一方通行のわたしの講義に、学生たちの目は開いてはいるが、先ほどの輝きは失せ、虚ろに沈んでいた。広く、浅く、浅く、広く、一般教養とはそういうものかもしれない……。

「では、なにゆえに心理学を勉強するのか？　ミス・ポーチ？」

学期初めの最初のクラス、残り時間を気にしてわたしはまた出席簿に戻った。ジュディ・Pの番だった。

「すいません、何て言いました？　質問を繰り返してくれませんか？」

「わたしたちはどうして心理学を勉強するのだろうか、ジュディさん？」

「卒業するための必須科目ですから……」

「それはそうなんですが、わたしの問うているのはあなたの人生とか、将来に対して、心理学の持つ意義のことを尋ねているのです」

「いい仕事に就くのには、大学の学位が要ります。そうでしょ？　このクラスは必須科目ですから」

「僕はAが必要だ！」

ジェフ・S君は「ほしい」（want）ではなく「必要だ」（need）と突然叫んだ。これから十五週間の秋の学期、彼は最も手強い学生になりそうな気がした。

「デーヴィッド・Q君、わたしの質問に対する君の考えはどうですか？」

一番関心のある成績評価を話題にするジェフ君に話の主導権を取られる前に、名簿の次の学生に移ったのだが、母校の創始者の教えに背いたのだろうか。

「どうして心理学を勉強するのかって？……正直に言いますが、どうしてかわかりません。わからないから、勉強するのだと思いますが……」

あっちこっちからクスクス笑いが漏れた。教室の空気にちょっと活気が戻った。

「わからないから勉強する。正直で、悪くない返答のように思えますが、何かが欠けていると思いませんか。

ここにある世界地図を見てください。幼児の寝小便のような世界ではありますが、あなた方のアメリカとカナダ、メキシコは何とか体裁を維持しています。

ところが、他の大部分が極端にボヤケて脳の中にあります、まるで存在していないかのようなボヤケ方といびつさです。心理学では『認知地図』と言っていいかもしれませんが、なにゆえにボケや極端な崩れが起こるのか？ある学習理論からすると、目的と手段の関係に求められるというのです。言い換えれば、あなた方の人生や将来の仕事、生活に、アメリカ合衆国、カナダ、メキシコ以外はその目的や手段においてほとんど関係がない、意識にのぼらない、ということになります。グローバル・コミュニティとか、温暖化に対して一国を越えた人類全体の対応とか、テロに対決する国際社会などと声高に言いますが、世界の経済・政治・軍事のリーダーの国の国民の『認知地図』には、実はアメリカ合衆国、カナダ、メキシコの三国しか納得できる形をとっている国がないのです。アメリカの経済・政治・軍事が世界に及ぼす影響力はみなさんが知ってのとおり。誇りにも思っています。

黒板に描かれた合衆国のサイズを見てください。バカでかいでしょう。大きすぎて、他の国々が小さくひっそり描かれました。しかも個性のないいびつで崩れた顔して。

二〇〇〇も国々がある地球ですから、描ききれない多くの国々がたくさん残っています。そんな世界地図にアメリカ合衆国は、ど真ん中に悠然と聳えるように描かれました。"Believing is seeing."」

「ヤタニセンセイ、それは"Seeing is believing"ではありませんか?」

ジェフ君だった。お主、できるな、という感じだ。

「"Seeing is believing"と"Believing is seeing"とどこが違うのでしょうか?」

今度は、わたしがジェフ君に挑戦した。この二つの言い方の違いにある、心理学上の深い意味の違いがわかるだろうか?

日本の「百聞は一見に如かず」という諺を、英語では"Seeing is believing"という。昔からの諺だから、昔の例を挙げる。ある村にそれはそれは美しい娘がいるという評判が立った。その娘を見ようとあっちこっちから人々が集まった。娘を一目見た彼らは納得し、自分の土地に帰り美しい娘の話を他人に話した。聞いた人々は自分たちもその娘を見たいと願い、想像し、噂しあった。しかしその娘を見てみるまでは幾度となく聞いても信じられなかったが、旅の計画を立て、費用を工面し、仕事の段取りをつけ、その村に行ってその娘を見た時初めて娘の美しさがわかった。一回見るのは百回聞くのと同じぐらい効果がある、値打ちがあるという事実を言った諺であろう。ジェフ君や他の学生たちに、百聞は一見に如かず、と言っているのではない。

"Seeing is believing."ではなく、"Believing is seeing."と言った時、わたしは教科書の第二章のテーマ、「心理学における科学的研究方法」を考えており、その下準備のつもりでみんなのよく知っている常識的な諺をちょっとひねったのだが、成績評価点でAを欲しがっている(本人は必要だと言ったが)ジェフ君は、わたしの間違いを訂正したつもりだったかもしれない。わたしが言いたかったのは、一度も事実を見ることなく、噂や世間話だけを聞いていると、見た気になって根拠のないことを事実や真実と思い込んでしまうから気をつけるように、というつもりだった。

彼らの「世界地図」の中でアメリカ合衆国がとてつもなく異常に大きいだけでなく、他の国々が不釣合いに小さく、しかも常識的な形もとらずに、存在の意義がないほどにその姿を現さない、そのことを心理学上の問題として気がつかないエスノセントリズム（ethnocentrism：自分たちの国や民族が他民族よりも優れているという信念）を喚起したかったのだ。

しかし、わたしの挑戦にジェフ君が首をひねったのを見た時、バカな諺を言った自分を恥じた。「鰯の頭も信心から」という意味で、わたしは〝Believing is seeing〟と言ったのだが……、穴があったら入りたかった（！）。

「プロフェッサー・ヤタニは、なぜ心理学を勉強するんですか？」

ジェフ君の逆襲だった。攻撃は最大の防御なり。

「ドクター・ヤタニ、あなたは何をしたんですか？」

教室の後方から別の学生がした質問だった。

「何をしたって、どういう意味ですか⁉」

「先生は四十日間かそこら、刑務所に入っていたんでしょう。違いますか？」

応じる代わりに質問をした学生の名前を訊いた。ジョシュア・Tと答えた。ジョシュア君のプリズン（刑務所）という言葉で、初めに教室に入ってきた時に一斉に飛び込んできた全員の好奇心に満ちた眼差しが再びそこにあった。

「インターネットやグーグルの検索に先生の名前を入れると、何千という情報が出てきますよ。あなたはとても有名です」

多量の情報をtons of information（何トンもある重さの情報）と喩えるのはアメリカ人特有の大袈裟な表現である。有名と言ったが、悪名高きの間違いではないか（ヤタニ・ケースに関する何トンもある多くの情報のお陰で、大学教授の就職探しで何度となく苦渋を舐めたか、ジョシュア君は知るはずもない）。「有名です」と言い終えたジョシュア君の表情には悪意も敵意もなかったが、教室全体はニューヨークの北の町にありがちな一足早い秋の冷え込みが拡がっていた。インターネットの時代に秘密など持てると思うのが間違いなのだ。

「なにゆえに心理学者になったか？ あなた方がもう少しましな世界地図を作ってくれていたら、話ももっと面白くなるでしょうが……。

あなた方と同じ学生時代の頃、一九六〇年代の後半でした。『英米文学演習』のクラスを取りました。卒業に必須の科目で、担任は秋山健教授。マサチューセッツ州はアーモスト大学で二年間の留学を終えて帰国したばかりの新進の先生でした。わたしは日本海の小さな島、隠岐の島から彼のいる京都の同志社大学に入学していました。日本本土から、たぶん四〇マイルぐらい離れた、日本と大韓民国との間にある島です。

残念ながら、ここに描かれた世界地図ではわかりようがありません。世界の政治・経済戦略からすれば、まったく無視していい、何もない島ではありますが、朝鮮半島に危機が来ればやはり気になる島民が慎ましく住んでいる、穏やかで、平和な美しい海のあるところです。

黒板の地図がもう少しでもまともだったら……、悔しい限りです……。

十八歳の田舎者のわたしには、大学も秋山先生も本当に輝いていました。英米文学がわたしの将来や仕事にどういう関係があるのか、まったくわかりませんでした。その点では、なぜ心理学を勉強するのかわからないあなた方学生諸君と同じでした。小さな島から出てきたわたしには、他の学生たちは輝いており、みんな優秀に見えました。もうひと言付け加えさせてもらえるなら、女子学生たちはみな美しく眩しかった！　もっとも、田舎の方言が長い間取れなかったので人前で話すことが苦手だったわたしは、とりわけ女子学生の前では押し黙った牡蠣の如しで、冴えない青年でした。

授業の短編集の中で、モーパッサンの『母親サヴェッジ』（仏語原題 *La Mere Sauvage*：英語訳 *Mother Savage.*）に出会いました。名前がサヴェッジですが、サヴェッジは残虐という英語訳の意味もあります。物語の背景は一八七〇年代の旧ドイツとフランスの戦争ですが、わたしには現実のアメリカのヴェトナム戦争が重なり合い、秋山先生の講義がうわの空でした。

フランスの小さな村にやって来た四人のドイツ兵を自分の息子のように世話したサヴェッジ家の母親が、敵地での息子の戦死を知らされた夜、若い無邪気な兵士たちが寝ている納屋に火をつけるのです。兵士たちと自分の息子のイメージが重なります。ほんの数時間前に、自分が料理したウサギの豪華な夕食に堪能し、眠りこけている『息子たち』を皆殺しにする、銃後の母親の残虐さ！　ヴェトナム戦争の最中に、教室で勉強などしている場合ではない（！）、と。

それまで毎日クラスへ行く日常生活から遠ざかり、大学の学生センターで反戦・平和運動をする日々が続きました。一九六八年十月二十一日の『国際反戦デー』にわたしたちの大学はアメリカのヴェトナム戦争と日本政府の戦争協力に抗議して全学ストライキを行いました。その日の朝、文学部の校舎にストライキ破りがいるから、学友会委員長に来てくれと電話が自治会のオフィスにかかってきました。

わたしが駆けつけてみると、スト破りは秋山教授でした。数百人という教職員の中で、秋山先生一人がスト破りをしようとしているのです。プロフェッサー・アキヤマはわたしに詰め寄りました、大事な研究があるから彼のオフィスに入れさせろ、と。わたしは断固として拒否しました。あの時のわたしの先生、アキヤマ教授の剣幕を、今でもはっきりと憶えています。

今わたしは心理学の先生ですが、もしあなた方がイラク戦争に反対して反戦ストライキを行ったら、わたし自身どのように振る舞ったらいいか考えあぐねることになるでしょう……。

それから二十年近くが経った一九八六年、秋山教授はフィールド・リサーチの目的でアメリカに来ました。ある朝、ボストンのホテルの朝食のテーブルの上に置かれた新聞『ニューヨーク・タイムズ』の一面に、わたしの写真入りの記事を読むことになります。昔の自分の教え子が、レーガン大統領のアメリカ政府と悶着を起こしている記事でした。

あなた方も、きょうのこのクラスの後、たぶん今夜、ジョシュア君が垣間見たわたしの学生時代の過去を覗き見するでしょう。

アメリカ政府は、あなた方の政府ですが、国際政治心理学会での研究発表ののちオランダから合衆国に戻ってきたわたしを、ケネディ空港で逮捕、四十四日間連邦拘置所に拘留した後、アメリカに脅威を与える好ましからざる外国人として、国外追放しようとしました。

ところが、アメリカの大学関係者、マスコミ、法曹界、ワシントンＤＣのキャピタル・ヒルの議員たちが『ヤタニ・救出』の大きなキャンペーンを繰り広げました。

ご覧のとおり、今わたしは日本ではなく、みなさんの前に立っています。アメリカ人とアメリカの社会が、アメリカ政府と闘い、日本人のわたしをアメリカ国内に連れ戻したのです。今夜はコンピューター・ゲームもしないで、ヤタニ・ケースを調べてください。わたしがなぜ心理学を勉強するのかわかるかもしれません」

教室を出て、階段を下りながらオフィスに向かった。たった五分に満たない距離だったが、長旅をしているような疲れだった。

オフィスに戻ると、見慣れたデスクの上に、見慣れない一通の手紙を見つけた。

「拝啓　矢谷先生

今学期も『アメリカ史』を担当します非常勤講師のグレッグ・Kです。添付しましたコース概要にありますように、単元に第二次世界大戦のテーマも含まれています。

つきましては、十月二十七日の二つのクラスで、あなたとわたしとで、あるテーマについて『論争』を提案したいのですが、考慮していただけないでしょうか。『論争』のテーマは、一九四五年八月に落とされた広島と長崎への原爆投下についてです。当然のことと思われますが、あなたは否定的な立場で、わたしは肯定的な立場で論争を進めたいと思います。

さらに提案したいことは、初めに双方が五分間ずつ論陣を張り、その後交互して二分間ずつ反論を述べる、というのはいかがでしょうか。

あなたが『原爆投下は正当化できる』との立場をとり、わたしが『原爆投下は正当化できない』との立場をとっても構いません。

わたしたち二人の議論の後、学生たちに質問や意見をとりたいと考えています。この提案に何か異論があったり別の提案があれば、ぜひお聞かせ下さい。お返事が早くいただけると幸いです。

敬具」

手紙の終わりに、きちんとしたK先生のサインが認められた。
とにかく、まずコーヒーを入れよう。それからだ、返事するのは。

第二章

心理学における研究方法

心理学が人間の行動と心的活動を科学的に研究する学問であるというのは、それが文学や哲学、芸術の分野とは異なって、経験的な証拠を求めることをことさら強調するアメリカ心理学会の主流派の立場を反映している。研究者のみならず、他の人々によっても確証される、明確で、観察され、測定される行動や心的活動を対象にするわけで、客観的な事実が求められる実証主義に根ざした学問だとする。

B・F・スキナーに代表される操作主義（operationalism）、すなわち、科学の概念はそれが得られた具体的な手続きによってのみ定義されるべきであるという考え方で、初めての留学先のユタ州立大学の心理学部で徹底した実験・観察で得られる実証された真偽を求められた。大学院でもない普通の四年制の心理学部である。英語もままならぬのに、大学構内にある精神障害の子供たちの特殊学級で観察や世話をしたり、ハトやネズミの学習実験をさせられた。研究方式が確立しておれば、教授、院生、学部生にかかわらず、実験が認められ、そこで得られた結果は学会での発表機会すら与えられた。ひと夏アルバイトも兼ねて、袋ネズミの一種、ポッサムを二十匹ほど世話しながら彼らの味覚傾向を実験する機会を与えられた。

動物は一般的に苦い味を嫌悪するといわれるが、このポッサムは塩酸キニーネの苦い味は、ある濃度では好んで飲むという実験結果が一九七〇年の中頃公表された。心理学部実験室のカール・チェニー教授はアルバイトで雇ったわたしに、カナダの大学の研究者ペネッテ博士が発表したこの論文を見せ、世話をしているポッサムを使って実験をしてみたら、と勧めた。留学二年目のことだが、アメリカで最初の論文発表だった。インターネットでの検索でわかる。

オレゴン州立大学で、「数量化した政治参加と暴力志向」の相関関係をテーマで修士論文を書き、生後三ヶ月の次男とユタ州の砂漠で生まれた三歳の長男を車に乗せ、妻の奈那子とわたしは鍋・釜・布団・オムツその他一切を積み込んだ貨車を引いてニューヨークへ向かった。ニューヨーク州立大学ストーニー・ブルック校の心理学博士号プログラムに受け入れられたから。

三〇〇〇マイル以上、五〇〇〇キロメートル近い大陸横断だった。お金がない四人の貧乏留学生一家だったから、もっぱら大陸横断高速道路八〇号線を西から東へと突っ走り、道端に近いキャンプ場にテントを張り寝泊りした。これで晩飯と朝御飯は野外で、昼飯は車の中で食べた。西部劇で観た懐かしいワイオミング州のシャイアンで、夕飯の時分突然けたたましい夕立に襲われ、テントをしまってモーテルに駆け込んだことなどもあった。「もうあんなことできないよね」と、この頃中年を大分過ぎた奈那子は言う。加藤登紀子が歌う『貧しさが明日を運んだ』頃の旅だった。

アイオワ州のデ・モイン市付近まで来た時、車のラジオから聞こえるニュースに気をとられた。向かっているニューヨークのセントラル・パークで百万人の反核集会が開かれていると。百万人反核集会！　時速一〇〇キロ近いシェヴィー・インパラ（米車）の中で子連れの二人は、何事かと顔を見合わせた。

レーガン大統領が核ミサイルをヨーロッパに配備することへの抗議で、セントラル・パークの百万人集会はヨーロッパ各地の反核運動と連動したものであるとも報道していた。一九六八年の一月、原潜エンタープライズの佐世保寄港反対のデモが一瞬頭を横切った。宿泊していた学生寮が警察隊に襲われ、辛うじてたどり着いた田んぼのあぜ道で立ったまま寝た夜の寒さも。装甲車からの放水でまだ乾ききらない服装で翌朝デモをするわれわれ学生たちに、多くの佐世保市民が肌着や暖かい握りメシや千円札のカンパを差し出した。茶色のイ

ンパラはひたすらこの日本人家族をニューヨークへと運んだ。

一般教養心理学の教科書のほとんどは、第二章で心理学における四つの研究方法を勉強させる。（一）Survey（世論調査、意見調査）、（二）Observation（観察）、（三）Correlational Studies（相関関係調査）、そして（四）Experiment（実験）。

九月から始まった新学期のストーニー・ブルック大学の大学院では、八月の反核百万人集会の大きな影響力を反映して、米ソ冷戦から発生するかもしれない核戦争についての関心が高まっていた。二、三週間の内に「心理学と核戦争の防止」のテーマで会合が開かれ、核戦争防止に心理学の知識がいかに応用できるか、と院生と教授たちの熱い議論が展開された。日本人のわたしはヒロシマ・ナガサキと人類初めて原子爆弾を体験した日本の被害者の一人のような扱いで迎えられたが、実態の知識の乏しさで何度となく恥ずかしい想いをさせられる羽目になった。

六〇年代の中頃、一回生の夏、京都の大学から田舎に帰省する際、広島に立ち寄った。平和公園に立ち寄るのが目的だったが、広島市内には高校生時代からのペンパルが住んでおり、彼女に会うことも目的の一つだった。読んだばかりの大江健三郎の『ヒロシマ・ノート』を脇に、広島駅に降りたわたしを待っていたのは、岸本和子ともう一人、彼女の母親の二人だった。東海道線から山陽本線、広島で下りてペンパルに会い、平和公園に行き、それから岡山に引き返し伯備線で北上し山陰本線から田舎へ戻ったが、広島での出来事が定かでない。和子さんのお母さんと平和公園の原爆資料館がフラッシュ・バックする、十八歳の夏だった……。

反核態度と反核行動の不一致をもたらす心理的要因

「心理学と核戦争の防止」の会合で意気投合した二人の大院生と一人の教授とわたしの四人は、それとは別に会議を重ね一つのリサーチをすることになった。とりわけ興味深かったのは、態度としては反核であるが、反核運動への参加・行動が極めて少ない、「言動不一致」についてであった。

一九八〇年代の米ソ冷戦は「ソ連は悪の帝国だ」と叫ぶレーガン大統領の登場で、ヴェトナム戦争敗北の後わりと静かだった世界に、核も含めた軍備拡張のエスカレーション（わたしたちは手綱を離れた暴れ馬の如くと、unbridled の英語を使った）をもたらし、この軍拡競争の延長に平和を願う多くのアメリカ人たちが核戦争の危機を感じ始めた。

大学院最初の秋の学期が終わった一ヶ月後、わたしたちを中心に九名の院生・教授たちがやがて全国組織に発展する「社会的責任を果たすための心理学者の集まり」（Psychologists for Social Responsibility）のニューヨーク市内の集会に参加した。一九八三年二月の凍えるような寒い日だった。

意外と思われるかもしれないが、一九八〇年代の米ソ冷戦の最高潮にあっても、レーガン大統領のアメリカのアメリカ人の大多数は世界平和を望み「反核」であった。ギャロップの調査でも、主要メディア（『ワシントン・ポスト』紙、『ニューヨーク・タイムズ』紙、NBCニュース、CBSニュースなど）の全米意見調査でも、およそ八〇％のアメリカ市民が核兵器凍結（ニュークリア・フリーズ）に賛成の意を表していた。ところが、反核運動が一向に盛り上がらない。

ニューヨークへ向かう車の中で聞いた一九八二年の百万人集会を例外にして、反核を掲げた政治運動らしき運動はほとんど目立たなかった（あの百万人反核集会の際、レーガン大統領は「これらの政治運動は海外からの扇動者たちが誘発したものだ」とテレビで非難しているのを後日知った）。

一方で、心理学者たちや政治学者たち、また歴史学者や他の社会科学者たちを含めた大学や研究所の知識人たちは、同じようにアメリカ国民の核に関する心情や意見調査をしていた。ほとんどが、核に関する「態度・心情・意見」であって、反核に関する運動についての調査ではなかった。わずかに、反核に関する態度・心情・意見と他の社会問題や思想信条との「相関関係」（前述した研究方法の三番目）を調査・分析した研究も発表されていた。

オレゴン州立大学でわたしの修士論文の顧問だったクヌッド・ラーソン社会心理学教授の

論文は、その中の一つだった。彼は、核軍縮支持の態度と相関関係にあると思われる六つの相関物を調べていた。

政治目的遂行のためには手段を選ばず非倫理的なことも行うというマキャベリ主義、国家主義、経済上の保守主義、宗教における教条主義、反ソヴィエト主義、そして権威主義。わたしのかつての先生は、核軍縮支持と国家主義と反ソヴィエト主義の相反する関係を見つけていた。

すなわち、核軍縮を支持する立場の人は国家主義に否定的な立場であり、また反ソヴィエトの立場にも反対するという関係性。専門的になるが、相関関係数値は前者が（r = -.63）で、後者が（r = -.51）であった。

わたしたちの調査の目的はこれらのすべてから異なったものであった。

アメリカの国民の大多数が反核態度であることも、しかし、ほとんどが反核運動に参加していないこともすでに調査済みでわかっている。反核運動推進に向けて、反核態度と反核行動の不一致をもたらす心理行動的要因を見つけ出すことがもっと肝心ではないか！

調査のアンケート表には、これまでにわかっている核に対する態度の代表的な報告、回答者の社会的・民生統計的な質問、核軍縮に対する態度、核軍縮支持活動の質問、そしてラーソン教授や他の研究者たちが発見した核に対する態度と相関関係にあると見られる四つの関連事項を基に、五十五項目の質問を載せた。

四つの関連事項とは、反ソヴィエト主義(anti-Sovietism)、軍拡競争についての知識(knowledge about the arms race)、国家主義(nationalism)、そして無気力感(feelings of powerlessness)。軍拡競争の知識は核兵器のと種類とそれが米ソどちらの国で作られたかの十項目の知識、反核活動の種類は以下の八項目。

●反核署名アンケートへのサイン
●反核デモへの参加
●ワシントンDCの議員へ反核支持の手紙を書いたことがある
●反核のボタンを付けたことや車に反核ステイッカーを貼ったことがある
●反核運動組織にカンパをしたことがある
●反核団体のメンバーとして加盟している
●反核署名運動に参加
●市民的不服従のデモに参加したことがある

これらのアンケートを、ニューヨーク州北西の田舎にある私立大学、ニュージャージー州の大都会ニューアークの公立大学、そしてニューヨークのロングアイランドの郊外にある州立大学で配布し、男女合わせて合計三七四人の大学生から回答を得た。

主要メディアから推測されたように、七八％の回答者が核兵器凍結を支持、六五％の大学生たちが核軍縮支持に賛成した。

しかし、これも予想できたように、五四％の回答者がまったく反核のいかなる活動にも参加していなかった。二一％が八項目の活動の内一項目を挙げ、一一％がいずれか二つの活動、三項目に当たる学生が六％、三項目以上の活動を挙げた学生は全体の八％のみにとどまった。

反核態度と反核行動の不一致の心理行動要因に向けて、これでは統計的に意義のある分析ができないため、一つ以上の行動をした学生回答者グループと、まったく行動しなかったグループの二つに分けて、そのグループの違いがどこから来ているか、統計学でいう判別式分析（discriminant Analysis）を行った。

それによると、どちらも反核態度を持っている二つのグループを「判別」する心理的要因は、政治的な無気力感（feelings of political powerlessness）と国家主義（nationalism）だった。

政治的な無気力感を表す例として、「デモや署名活動をしても、何も変わらない」とか「わたしが何をしても、政府のやることにほとんど影響を与えられない」などが述べられている。

国家主義では、「アメリカ合衆国の政治制度が世界一である」や「アメリカ政府は国の利益のためには軍事的手段を使う権利がある」などというもの。この二つが、反核態度を持っていても、反核運動への参加を妨げているのである、と結論づけていいだろう。

米ソ冷戦下にあっては、国家主義と反ソヴィエト主義が強い相関関係にあることは以前から広く指摘されてきたが、この二つは非常に混乱しやすい、研究方法の専門分野では、いわゆる「見分けを誤りやすい変数」(confounding variables) とされてきた。反ソ宣伝をすることによって、当時はソヴィエト連邦を非難することによって、国家主義を高揚させ、それはまたアメリカのあらゆる経済的、政治的、かつ戦争を含めた軍事的行動を正当化できたし、反核・反戦・平和の態度がある国民であっても、そのための行動を伴わせることを妨げることとなった。

政治談議や理論からではなく、この研究結果を持って、わたしたち四人は一九八五年の三月ボストンで行われたアメリカ東部心理学会に乗り込んだ。

ボストンからワシントンDCへ

ボストンの学会の分科会での発表は大きな反響をもたらしたようだ。

四人組の一人、アン・ハンターの力強いプレゼンテーションに会場全体が熱気に包まれた。

ほとんどの研究論文がそうであったように、分科会での他の発表は、核に対するアメリカ人の態度やその態度の分類もしくは違いが中心か、あるいは他のさまざまな社会現象や心理状態との相関関係についての内容であり、核凍結・核軍縮に向かってどう行動するのかという最も重要なことが欠落していた。

そもそも研究の目的は、すでに腐るほど報告されている反核態度ではなく、どのように反核を反核運動、反核政策で推し進めるかということではなかったか。わたしたち四人組のアンの発表が熱気を伴った注目を浴びたのは、その一点に他ならなかった。

偏見と大袈裟を持って言うことを許してもらえるならば、アメリカを除いて、世界で最も知られていると思われる一人の社会学者・哲学者・革命家であったカール・マルクスは言っている、「哲学者たちはあれこれと世界について説明しただけであった……。肝心なことはそれを変えることである」(The philosophers have only interpreted the world—the point is, to change it.)と。

マルクスに賛成か反対かを言っているのではない。

いかなる分野にあっても、学者たちの仕事は、世界をどうこう云々するだけではなく、「変える」こと。その中に、過程に、延長に、進展したより良い世界を示すことではないかという、産業革命の過程で現れた新しい「近代」の知識人たちに対する極めて良心的な問いかけではなかったか、ということである。近代の日本にあっては、いわゆる「象牙の塔」に対する内からと外からの批判・問いかけが好例である。

四人組自身も興奮し、アンも情熱的に発表したのは、わたしたちの研究方法がこの行動方針、反核運動方針を提示したからであった。その一点において、他のいかなる研究論文や発表と異なっていたと思う。

その異なった部分で、マルクスとその後の「マルクス主義者たち」や「唯物史観的見地からの哲学、文学、経済学、政治学、社会学、心理学、宗教学、人類学、歴史学等の人文科学や社会科学に携わる」学者、知識人たちがさまざまな受難・試練を経験することとなった。

ちょっと脇道に逸れるのだが、研究論文の目的にマルクスの言葉を述べるにあたって、アメリカを除いたのは、アメリカとアメリカ人は世界と世界の人々とは違うからに他ならない、といったことから来ている。少なくとも、アメリカ合衆国のリーダーたちがことあるたびに演説し、大多数のアメリカ人が自慢げに受け入れるように、“We are exceptional!”（アメリカとアメリカ人民は例外である、世界のどの国ともどこの人々とも違うという、格別な国と国民であるエスノセントリズム）。

アメリカとアメリカ人が例外か、という論争は尽きないのだが、少なくとも多くのアメリカ人がそう信じている。そのことで、世界的な視野及び世界史的な観点からすれば常識では信じられないことが起こっても、アメリカ人には極めて信じられ納得できることであり、そのことでさらに「アメリカとアメリカ人は例外」という考えを強化している。

例えば、ほとんどのアメリカ人はマルクスを知らない。学校の教科書に出てくることがあるのだが、世界的な影響を与えたマルクスの考え方はアメリカにはまったく関係ないものと思われている。そうであるから、マルクスとマルクス主義的な考え方は「反アメリカ」的なものであると刷り込まれている政治・文化風潮がある。

革命（Revolution：レボリューション）という言葉がある。アメリカでは、アメリカン・レボリューション（American Revolution：アメリカの革命）と呼ぶのが一番有名な言葉で、それしかないのではないかと思われるのだが、これはイギリスからの独立運動（一七七五年から一七八三年）であり、アメリカ人はレボリューショナリー・ウォー（革命戦争）とも呼び、誇り高い。マルクスとマルクス主義から来る階級闘争・階級戦争とは革命の概念もイメージもまったく（？）違う。

また、「アメリカには階級はない、たとえ階層はあっても」と多くのアメリカ人は思っている。大統領選挙のテレビ公開討論で先のブッシュ大統領が対立する民主党候補アル・ゴアに言ったように、「階級闘争（class war）は（民主党の）リベラルと一部のラディカル（過激派）の考え方であり、アメリカの普通の人々にまったくそぐわない考え方」である。

アメリカは階級に根ざした国ではなく、個人個人が各自の自由に選択できる思想・信条で暮らす自由で機会均等の国である、というのである。アメリカ国家の戦争に賛成するのはアメリカ人の自由で（かつ好ましい心情で）あり、反戦や反核の態度・心情は自由であるが、実際行動・運動は必ずしも自由でない（かつ好ましくない）ことが多々ある……。

アンとキャサリン・B、ブレット・S助教授とわたしの四人組は、三月のボストンでの心理学会の後、秋の深まった十一月、揚々として首都ワシントンDCに車を走らせた。一一三回目のアメリカ公衆衛生協会（American Public Health Association）年次大会に出席した。一九八二年の反核運動や翌年のテレビ放送、ABCの〝ザ・デイ・アフター〟（The Day After：核戦争の後）が示したように、核戦争は言うに及ばず、核戦争に対する恐怖感や無気力感は精神的健康生活にとって大きな関心となっていた。わたしたちの「社会的責任を果たすための心理学者の集まり」の組織が出来る以前に、アメリカの医者たちはすでに「社会的責任を果たすための医者たち」の全国組織を立ち上げていた。核問題は、軍事問題と同様社会の医療問題（Community medicine：コミュニティ・メディスン）として、問題意識の高い内科医・外科医たちに認識させられていた。ニューヨーク市立大学の医学部で働くジャック・ガイガー医師は、八二年のサンフランシスコの集会で、

「普通の戦争とはまったく違い、核戦争が起こった後では、一切の医療活動がストップ

する。

医師としての機能が果たせなくなる。医師及び医師たちの家族も生存が危うい。医師としての専門機能を果たす世界というのは、核戦争のない世界でなければならない。広島・長崎、世界で唯一核兵器の恐ろしさを体験した街の被害者たちと被害から学んだ人類の教訓からすれば、われわれ医師にできること、今しなければならないことは、そういった核戦争のない世界、核に脅威のない世界を創ることである」

として、医者たちの反核運動を呼びかけた。広島・長崎の資料を分析研究してのガイガー医学博士のプレゼンテーションに大喝采は鳴りやまなかった。

アメリカのナショナリズム「国家主義」とアメリカ人の「政治的な無気力感」にいかに取り組むか、というわたしたちの研究論文のテーマが受け入れられて、首都での全米公衆衛生協会の大会に参加し、二〇〇席は用意された分科会場に開始十五分前の朝九時に入った。アンに代わって、発表者は日本人のわたしだった。

研究論文の題名は「社会層から見る、反核運動を予示できる心理的要因」（Psychological Predictors of Anti-Nuclear Activism by Social Class）。九時になって、わたしの他に三名のプレゼンターが出席し、司会者とディスカッサント（discussant：討論促進者）の二名も集まったが、広い会場にはほんの数えるほどの参加者しか現れなかった。発表の緊張感はあったが、三十名に満たない参加者に、意気込んで来た分だけ失望感もあった。

八二年の百万人反核集会の後、一気に運動が萎んでしまったようなアメリカ社会の縮図がそこにあった。

反核の態度があっても、政治の首都のど真ん中で反核集会に出るような行動をとらない言動不一致が会場に結果したかもしれなかった。地方都市ボストンと首都ワシントンＤＣの政治的圧力の違いだったかもしれない。肉体的精神的健康に関する医療、ソーシャル・ワーク、公害、貧困、人種差別、介護、住宅環境問題などの公衆衛生に関しては積極性が保てても、反核の持つ政治性に「米ソ冷戦下のアメリカ」が水を差したかもしれなかった。

単に、朝早い九時という時間帯が禍いしたかもしれない。いずれが相当する理由だったとしても、アメリカで言う、Monday Morning Quarterback になっても仕方がない（マンデー・モーニング・クォーターバック：日曜日に行われる全米のアメリカン・フットボールの結果を翌日になってどうこう解説する、一種の無責任な解説者のことで、結果のわかってしまった後からゲームの解説を解説者に都合のいいようにすること）。壇上から発表を終えて降りてきたわたしを、「とても良かった」（An excellent presentation!）と、四人組の三人は褒めてくれた。

ワシントンDCからオランダのアムステルダムへ

ワシントンDCの三十名ほどの拍手で奮起させられたわけではないが、反核という世界の人々をつなげる国際主義（インターナショナリズム）と、たぶんアメリカ国家主義に対抗するかもしれない心情・価値感として国際主義を掲げた世界平和（the world peace）を考える時、アメリカ公衆衛生協会での論文をアメリカ以外の場で発表したい気持ちを抑えることができなかった。

そして、それは意外と早くやって来た。ピース・リサーチ（平和研究）と銘打って反核問題に取り組みながら、博士号論文をも同時に進めていた時、翌年の八月に国際政治心理学会の第九回年次大会がオランダの首都アムステルダムで開かれるというニュースが入った。

アメリカ心理学会の分科会 The Society of the Psychological Study of Social Issues（社会問題を心理学的に研究する学会）の研究雑誌に載っているのを見つけた。「求めよ、さらば与えられん」という聖書の言葉は案外当たっているかもしれない（マタイ伝七章七節：“Ask, and it shall be given you; seek, and ye shall find; knock, and it shall be opened.”）。

論文概要のまとめに入ったのは、翌年の初め。急いで、審査と受諾を希望する手紙を今回の学会主催者の研究室があるノルウェーに送った。

題名：個人主義と国家主義——反核運動への参加を妨げる二つの心理的要因
概要：核戦争の脅威に対して論議する場合、重要と思われるテーマの一つにアメリカにおける個人主義と国家主義が挙げられるように思われる。とりわけ、反核態度が高いアメリカ国民がなにゆえに反核運動が低いのか、人々の態度と行動の不一致、すなわち心理学で言う認知的不協和（cognitive dissonance）に焦点を当てながら、論文発表者は、これまでに多くの論文及び学会で指摘された心理的事象、政治的な無気力感と国家主義について議論を進め、反核運動を推進する方針・方策を提案したい。

国際政治心理学会の年次大会参加については、前もってアンとキャサリンに話してあったが、みんな大学院のコースワーク、博士論文の準備などで忙しく、消極的であった。それはわたしも同じ境遇で、しかも家族持ちであったから忙しさは勝るとも劣らなかったのだが、二年半ほど続けてきた研究作業と、ボストンからワシントンDC、そこからアムステルダムの直線は、曲げることのできそうもない運動直線でもあった。ブレット・S助教授は准教授への昇進申請が通らず、五月には失職の危機にあった。

日本の大学とは違って、学生のティーチング評価が良いだけでなく、学術研究出版の実績、大学内外における貢献が認められないと、テヌアー（tenure：終身在職権）がもらえず、七年間の助教授職の後その大学を去らなければならない。ブレット・Sはその危機を迎えていた。同僚にも先生にも共同研究を一押しできないでいた。

三月の終わり頃、大西洋の向こうからいい返事が来て、国際学会参加は実現しそうに思われた。ところが、論文発表のプロポーザルが受け入れられた知らせと一緒に、学会参加費、飛行機代、ホテル、食事代などの経費の見積書が添付され、その高額な経費は家族持ちの貧乏留学生の海外出張の高揚した気分に冷水をぶっ掛けた。

ないものはないわけで、ぐずぐず悩んでも仕方がなく、学会費用援助の頼みを一通の手紙にして、直接ジョン・マーバーガー学長のオフィスまで届けた。遠くから見たり新聞・雑誌で見たことはあっても、まったく知らない、しかも二万人以上の学生を擁する大学の長であった。民主主義のアメリカでは、一市民が直接ホワイト・ハウスに電話し大統領と話ができたという話はテレビニュースで知っていたから、日本人の大学院留学生が組織系統を踏まずに、まず心理学部長、それから人文科学部長、副学長を経ることなく、直に大学の学長に金の無心をしても大した事件ではないと思っていたのかもしれない。

こういう無邪気でノウテンキで無神経な性格はビジネス界などでは絶対に通用しないから、

あなたは学校の先生向きだと身内から言われていたことだった。ところが、翌日学長室の秘書より電話があり、マーバーガー学長が話したいから来てくれ、というのであった。

一クラスを終えて出かけた。

「君の手紙は読んだ。しかし、S助教授の昇進とテヌアーはわたし一人では決定できない。学長のデスクまで書類が来る前に、多くの諮問委員会があり、それによってしかわたしの結論は公表できない」

わたしの学会費用の話ではなかった。心理学部教授会の昇進・テヌアー審査会で、S助教授の申請が否決され、続いて人文科学部長もその裁定を受け入れた一月の終わり、S助教授を支持する学部生と院生たちがキャンパスでブレットを応援し、学長に二つの審査会決定を拒否し、准教授への昇進およびテヌアーを認めるよう、決起集会を開いた。

その夜、わたしはシングルスペースで、十ページに近い「ストーニー・ブルック大学はなぜS助教授が必要か」という、ブレット支持の手紙を書き、マーバーガー学長に送っていた。

反核運動を一緒にやって来た先生を失うことはできなかった。

「しかし、君の国際学会の費用は何とかできる力があるかもしれない」

昨日の金の無心の話ではないとわかった瞬間、二ヶ月も前の手紙の内容を思い出そうとしてちょっと混乱していた。学長は受話器を取って、心理学部のケーリッシュ部長と人文学部部長のニューバーガー博士の各々に、「国際学会での論文発表は、大学にとって名誉なことだ。ヤタニの費用を出してやってくれ」と一方的に告げていた。

「他に用事は?」と言ったようだったが、来客を連れてきた秘書に視線が行き、話をする間もなく学長室を出たことを覚えている。

「二兎追うもの一兎も得ず」という、聖書ぐらい古い日本の諺もあるけれど、アメリカにあったわたしは、聖書のマタイ伝を採った。

そのことが間違いの元で、日本の諺のほうが正しかったかもしれないということを、半年も経たぬ間に、長年連れ添った妻と二人のジャパニーズ・アメリカンの子供たちが多大な犠牲を払って知ることとなった。夫と父はオランダへ行ったまま、五十日間家に帰ってこなかったから。

学会の後、家族のいるところに飛んで帰りたかったわたしには、帰れない事情があった。ニューヨークに着く日がちょうど奈那子の誕生日だったので、オランダの街で求めた抱えきれない大きな花束と、壮良と宇意たちの土産に買った、それはそれは美味しいオランダのチーズを抱えたまま、ケネディ空港で逮捕され、四十四日間アメリカ連邦拘置所に留置され、アメリカに好ましくない外国人(undesirable alien)として国外追放の憂き目に遭っていた(『アメリカを訴えた日本人』毎日新聞社、一九九二年)。

学会費用を出してくれたマーバーガー学長、ニューバーガー人文科学部長、そしてニューヨーク州立大学ストーニー・ブルック校は、日本人留学生のわたしを連邦拘置所からアメリカ国内に連れ戻すために、さらなる経費を必要とし、「大学の自治」を守るためにレーガン大統領のアメリカ政府と対決しなければならない羽目になった。

個人主義と集団主義

個人主義をテーマにした論文で博士号を与えられ、反核態度と反核運動の不一致に見る心理的事象の研究を通して、国家主義がわたしの仕事の中心的課題となった。博士論文の顧問だったデナ・ブラメル元教授は、今でもわたしのことを"a student of nationalism"（ナショナリズムの学徒）といって学者たちの間で紹介するぐらいである。

博士号を修得した人は、その分野で優秀な専門家であるとされる。ある分野で優秀な専門家になるためには、一般に二通りあるかもしれない。

一つは、その分野でそれまで誰も真似のできなかった、創造的な知識を作り出すこと、あるいは発見すること。もう一つは、それぞれの分野に多くの専門家がいるが、その専門家たちの実績を基礎にしながら、その一部をさらに発展させ学界全体に貢献した実績を作ること。

大袈裟だと思われるかもしれないが、博士号（Ph.D. = Doctor of Philosophy）という最高学位が受ける敬意はそこから来るのかもしれない。学位を持たない優秀な人々がたくさんいることは言うまでもなし、現実の学界あるいは広い社会では、学位を持っても紙切れにしかすぎない人たちも数多いかもしれないが、一応自己弁護みたいに言っておきたい。

オレゴン州の大学で修士号を終えた時、最高学府といわれる大学で教鞭を執ろうと思えば、まず優秀な学者の卵を証明する博士号を取らなければ就職はおぼつかないと、修士論文の顧問クヌッド・ラーソン教授から忠告された。博士号は最終目的ではなく、大学に仕事を求めるための最低限の資格修得であるということを言いたかったのだろう。それでニューヨークへ三三〇〇マイル、なべ釜一式積んで、わたしたち一家は車を走らせた。

一九八〇年代は、一方で経済的真珠湾攻撃（パール・ハーバー）が始まったといわれる日本経済の戦後復興とアメリカへの進出、他方で米ソ冷戦下の核戦争の危機と反核運動が時代を刻んだ。それはグローバライゼーション・国際化の呼称の中で、経済が国境を越えて発展しながら、同時に東西国家間の対立を深めていた、矛盾した時代でもあった。

ニューヨークに着いたわたしに問いかけられる経済的な質問は、日本の戦後復興と経済力世界二位の成功の秘密は何かということであり、政治的な質問は、核戦争の危機に世界はヒロシマ・ナガサキから何を学べるか、と訊かれた。

日本人としてその両方の問いに答えなければならない雰囲気が、大学院の知の世界に満ちていたといえば大袈裟な時代錯誤だったかもしれないが、わたし本人は真面目に対処しようとした。

軍事的には超大国でも経済的には峠を越した、しかし世界経済力第一位のアメリカのアメリカ人たちの学界は、日本のグループ主義あるいは集団主義（collectivism）とアメリカの個人主義（individualism）に注目し、その違いが極東の島国の成功と第二次世界大戦後の世界を制覇したアメリカの落ち目・後退を際立たせるとした。

物的資源のない日本は人々の人的資源が豊かで優れ、アメリカは物的資源の豊かさにかかわらず人的資源が有功に機能していないというわけで、日本型経営方式とアメリカ型経営方式の比較、日本の教育方式とアメリカの教育方式といった分野まで議論や研究が高まっていた。

結論から始めると、社会行動科学としての心理学からすれば、個人主義も集団主義も定義をめぐって百花繚乱の議論はあったが、そのコンセプトや定義を実証的に表す、行動上の〝証拠〟を誰も提示していなかった。

理論的な、意味論の、語義上的な話はあったが、社会行動科学としての、いわゆる〝物的証拠〟がなかった。誤解されやすいが、インテリジェンス論争・議論を思い出してもらいたい。

インテリジェンスとは何かと問う場合、それはそれは無数の定義・コンセプトであふれかえる。この議論・論争に一つの〝実証的な証拠〟を提示したのがフランスの心理学者アルフレッド・ビネであった。

それがインテリジェンス・テスト（IQ test：知能テスト）である。それをもって、インテリジェンスを測ろうとした。すなわち、ＩＱ測定である。

そして、この「測定」で測れるものを「インテリジェンス」と「規定」した。カッコを付けたのは、実はインテリジェンスが何なのか、何かわからないもの、わからないほどあるインテリジェンスの中身なのに、それをどうやって「測定」できるのか（?）という学術上の問いかけが今でも続いているからである。そうしながら、その中身を見極め、「測定」を改良する努力が現在も続けられている。

その議論の深さを哲学的に言えば、インテリジェンスの中身を見つけるのは、雑多な鉱物の塊から一掴みの金を見つけるようなものか、それとも玉葱の皮をむくように、むいてもむいても中身のない無駄な作業なのか、と。

わたしの博士論文は、個人主義の測り、実証的証拠を見つけることに注がれた。集団主義の国といわれる日本から来たわたしが、個人主義の国といわれるアメリカで、母国語でない英語を使って個人主義を研究するという、妄想がかった提案が周囲を呆れかえらせたといっても言い足りない。論文顧問のブラメル教授は、「死ぬまで研究しても終わらないかもしれないぞ」と同情と脅迫をかけてくれた。総勢三万人近い学部生・院生・教職員・リサーチャーを擁する総合大学の学長が、見も知らぬ一留学生のわたしに学会費用を出してくれる可能性にも及ばなかった。

たぶん、ひょっとすると三十五万人を超すアメリカ政府のブラック・リストから外される可能性、カナダの首相になるかそれとも願いかなわずに死ぬかの可能性より……、そんな論文テーマだった。わたしが優秀といっているのではない。博士号とはそもそもそういう性格のものではないか、といったアカデミアの自己規制と奨励に他ならない。初めに説明したように。

研究方法は次の順に行った：

（1）参照文献にもあるように、個人主義に関する一〇〇件以上の論文その他の書物、学会や公式会談などでの発言を調査・精査。

（2）（1）をもとに三四九項目の個人主義的な態度・行動を叙述。

例1．飲酒制限年齢を十八歳から二十一歳に引き上げたのは個人の権利侵害であり社会問題から来たものではない。

17. わたしはしょっちゅうお金持ちになる夢や有名人になる夢を見る。
43. 人はみなこの世では一人っきりである。
82. 自分を幸せにするのに、他人は必要ない。
96. 口げんかした時、わたしはまず相手が謝るのを待つ傾向がある。
142. わたしは他人に頼るのが大嫌いです。
145. 自分でやらない限り、何事も達成できません。
194. わたしは自分自身の判断に自信があります。
213. 伝統的な習慣というものは、往々にして個人生活の足枷になります。
279. わたしは因襲に囚われないことをしたいとは思いません。みんなと同じようにしたいのです。
335. ほとんどの時間、わたしは一人で過ごします。
346. 他人からのお返しを期待して、他の人に気に入られることをしがちです。

（3）広報を見て自主的に参加した合計一五五名（男子九〇名、女子六五名）の学生たちが参加し、それぞれの項目に、（1）大いに賛成、（2）賛成、（3）どっちともいえない、(4)不賛成、(5)大いに不賛成、の態度・意見・行動に当てはまる数字を選んでもらった。回答アンケートは匿名で、正直な回答を期待して回答者がわからないようにした。

(4)個人主義の回答を数量化したもの一五五人分を、コンピューターを使って、ファクター・アナリシス(factor analysis：因子分析法)を行った。

この方法は、心理学においてIQテストの結果によって心的能力(知能)を発見しようとして生まれた方法である。この方法によって、個人主義的な態度・行動が表された三四九項目の中で、それぞれの数量化された項目が全体の項目とどのような相関関係にある(共通因子)かを発見することができる。

さらに、このファクター・アナリシスのユニークな特徴は、個人主義的な全体の項目の中で個人主義に固有な因子が集合している(特殊因子)ことを決定できる分析方法である。

長い時間を費やして一所懸命だった二〇〇ページの論文を、ここに一、二ページでまとめるのは容易なことではないが、その研究論文の成果で、ドクター・ヤタニと呼ばれた瞬間を今でも忘れられない。

ファクター・アナリシスによって出てきた結果は、個人主義を表した三四九項目に見られる個人主義固有の特殊因子は二つあり、その特殊性を共有する特殊因子は各々に十六、八と決定された。これらはすべて統計的有意水準（significant level）にある因子群である。

測りの観点から、実用性を考慮し、わたし自身最も相関関係のある五項目をそれぞれ選択し、二つの個人主義測定計とし、それぞれに別個に名称を付けた。名称は、とりわけ一九八〇年代の個人主義論争に使われた代表的な呼び方を採用しようとした。一つは、自己本位型個人主義と呼称し、これはエゴイズムに顕著な、自分の取り分に最も関心がある経済活動、他人に無関心で他人に対する思いやりのない倫理的にも自己中心的な態度・行動を取りやすい傾向。もう一つは個人の特性を重視する個人主義とし、これには個性を伸ばすこと、自己の成長、人格形成に関心が深く、世にあって他人や組織を利用するのではなく、人生における自己達成、自己の可能性に取り組み、物事の達成に自己責任を重要視する傾向。


自己本位型個人主義（Individualism - Egoism）

（a）けちけちするのは悪いことではない。わたしは自分のために働くのであって他人のためではない。

（b）他人はわたしに何もしてくれないのに、なぜ彼らのために何かをしなければならないのかわからない。

（c）わたしは自分に利益のある状況の一部だけしか見ない傾向がある。

（d）わたしが誰かに便宜を図る場合、もっと多くのお返しを期待してする。

（e）誰かがわたしに長いドライブを頼む時、たとえ友達だったとしても、経費を分担するのではなくガソリン代を請求する。

個人の特性を重視する個人主義（Individualism - Individuality）

（a）わたしは因襲に囚われないことをしたいとは思いません。だいたいみんなと同じようにします。（1～5のスコアを逆算する）

（b）わたしは規則に従いやすい傾向があります。（スコアを逆算する）

（c）すべては自分次第なのだから、子供たちには自由に振舞わせるよう奨励すべきである。

（d）他人がどう言おうと、わたしは公の場で自分の意見を言います。

（e）わたしは社会の基準に沿って生活する必要があると思います。（スコアを逆算する）

この二つの個人主義の相関関係は、相関係数（r = 0.03, p < 0.001）が統計学上まったく意味を持たないほど小さく、二つの個人主義にはまったく関係ない個人主義と結論していい。個人主義を語る時、その概念や規定をめぐって論議があり、論者による個人主義の良し悪しの判断や「時と場合によって」その良し悪しの裁断が変わってしまうことがあったりして、結局わけがわからぬ論議になりかける個人主義論争に、ファクター・アナリシスによるわたしの「実証研究」は、個人主義的態度・行動の実体を「発見」した、と言っていいだろう。

それが唯一、絶対というのではなく、先に挙げたインテリジェンス（知能）論争の例のように、個人主義を「目に見えるもの、測れるもの」として「実体の証拠」を提示した、と言っていいだろう。

さらに、博士号論文の審査委員会が驚きを持ちながら、しかし確信させられたのは、論争でもあった大きな疑問及び論点、個人主義と集団主義の関係に対する一つの確固たる答えであった。ほとんどの人々の思い込みや、長い間の熾烈と思えるほどの個人主義論争にあったのは、個人主義と集団主義は相反する態度・行動である、という点についてである。

「アメリカ人は個人主義、日本人は集団主義」であるから、よって日本人の日本型経営はアメリカでは通用しない、といわれた一九八〇年代の対立概念が象徴していた。また、比較文化心理学の重鎮ハリー・トリアンディス博士、イリノイ大学の心理学教授で国際比較心理学会の会長は、西洋と東洋を分かつ最も顕著な態度・行動は、前者の個人主義（Individualism）と後者の集団主義（Collectivism）であると論陣を張っていた。このイリノイ大学の心理学部の大学院には、中国人留学生を中心に日本人留学生を含めたアジアの院生が多く学んでおり、出版された多くの論文が、この両者の対立的な二分法を軸に学術研究を進めていた。

わたしは、個人主義にはその態度・行動において、二つの個人主義があると実証した。そして、この二つの個人主義はまったく別のものであり、相関関係がないことも実証した。

論文の中の二つ目の研究で証明したのは、この二つの無関係な個人主義とすでに使われていた心理的・行動的な相互依存性の測り（Interdependence Scale）の関係である。ニューヨーク州立大学で心理学を勉強していた一六〇名の学生（男子学生七〇名と女子学生九〇名）に三つのファクター、二つの個人主義と集団主義とも呼べる相互依存性態度・行動を数量化したアンケートに匿名で答えてもらった。結果は以下のとおりである。

自己本位型個人主義と相互依存性態度・行動の相関係数　r＝ -0.443（p＜.0001）*

個人の特性を重視する個人主義と相互依存性態度・行動　r＝ 0.225（p＜.0042）*

（*は確率を表す記号。単純に言えば、p＜.001以下では相関関係rの関係確率が疑問の余地がないほどに高いということである）

この結果が明確に示すことは、個人主義と集団主義が対立するものであるとは一概に言えない、ということである。

一般に言う個人主義を成立させる、とりわけ顕著な二つの個人的な態度・行動のどちらが目立ったものかによって、集団主義との関係が決定されるのである。そして、相関係数の値がネガティヴ○・四四三で示されているように、個人主義の個人で自己本位型が強い人ほど、グループ活動が弱い、積極的でないというわけだが、個人の特性を重視する個人主義者は、傾向としては弱いが集団行動態度にポジティブ、前向きであるということである。

例えば、後者の個人主義的アメリカ人は日本型経営の会社勤めが可能であるし、さまざまな社会・政治運動に前向きではあっても強い拒否反応を持つわけではない、と言える。実際の調査・証拠が必要だが、理論的には、反核運動に参加する人々は前者よりも後者の個人主義的なアメリカ人であるだろうと十分仮定できる。

日本人の個人主義

論文における三番目の研究は、集団主義といわれる日本人の個人主義についてであり、その特質がアメリカ人の個人主義の特質と違うものなのか、もし違うとすればどのように違うのか、というテーマであった。研究方法はアメリカ人学生を対象にした方法と同じファクター・アナリシスを用いた。先回の三四九の個人主義の項目を日本語訳に直し、それをまた英語訳にすることによって、個人主義の叙述に曖昧な翻訳や誤訳のないようにした。

さらに、個人主義論争と比較文化心理学に現れた集団主義に関しての文献に見られる、日本の集団主義に対する個人主義を、団体や組織に依拠しない非社交性の個人主義（Individualism - self-containment）と呼称し、二つの個人主義に加えた。

実務的（practical）ということから、二人の大学院教授と、一人の日本に関心・興味のある大学病院の医学博士・医者、そして博士課程後期にいる院生二人の、合計五人の審査員（ジャッジ）に三四九項目の個人主義から、三つの個人主義に関係があると思われる叙述・項目を選び出してもらった。

五人の審査員のうち、四人が一致（八〇％の同意率）項目、八十七の個人主義的態度・行動が選出された（下記にいくつかの例を挙げる）。

日本語訳されたそれらのアンケートは、わたしが日本型経営に関して長年交流があった、当時の熊本学園大学経済学部教授、嵯峨一郎先生の援助を得て、彼の学生たちを対象に調査がなされた。

(3)人生においては何よりもまず自分自身の利益を考えねばならない。
(7)学校や大学では生徒たちに、社会のモラルを受け入れて社会生活に適合していけるように教育すべきだ。
(19)わたしは他人の意見にすぐ賛成してしまう。
(32)助けてもらうくらいなら、悪い成績を取ったほうがましだ。
(50)わたしは他人がどう言おうと自分の考えをみんなの前で発言する傾向がある。
(58)いつでもいいから、一人になりたいと思う。
(68)誰かに尽くしてあげる場合、わたしは大きなお返しを期待する。
(70)無知、怠情、あるいは能力の欠如(もしくはこの三つ)が不幸を引き起こす。
(79)もしもっといい仕事を見つけるチャンスだったら、わたしは他人を踏み台にしても構わないだろう。
(82)わたしは集団行動よりも一人でいるほうが好きだ。

（85）君は他の人たちと一緒にやっていく術を磨かなければならない。

男子学生五五名、女子学生五七名、計一一二名の参加した個人主義アンケートの結果をファクター・アナリシスで分析すると、最も固有な個人主義は六個の項目からなる「他人から離れる個人主義」（Individualism - Detachment from Others）と七項目からなる「社会的な制度・規範・習慣・組織全般を受け入れる個人主義」（Individualism - Acceptance of Social Systems）の二つが特殊因子として現れた。

この結果が示すことは、一般に個人主義といっても、個人主義の国アメリカの個人主義と集団主義の国日本の個人主義はそれぞれに違った特徴が認められるということである。興味深く、驚かされるのは、アメリカにおける二つの個人主義の特徴と、日本の個人主義の特徴が異なるということである。

心理学においては、アメリカ人は資本主義の経済システムと個人の利益追求のイデオロギーを反映した態度・行動の個人主義と、それとは切り離された自己実現、個性の尊重と個人的な責任を基にした自立の個人主義であり、日本人は集団や組織や社会全般の個人へのプレッシャーに対する離脱の個人主義であり、個性とか自立といった知識人が語る個人主義とはかけ離れたものであることがわかる。

ただし、心理学者の卵にしかすぎなかったわたしから謙虚に言わせてもらえるなら、これらの研究は、個人主義の研究のスタートラインに立ったばかりの、未熟で問題を多く抱えた研究であることは言うまでもない。

オレゴン州立大学の修士論文顧問であり、恩師であったクヌッド教授に言わせれば、大学で教鞭を執ることによってメシが食える資格がやっともらえるかもしれない程度の研究成果だった。

未熟ではあったが、ドクター・ヤタニは、たぶん個人主義に関する限り、最初にそれを数量化して形あるものにした知識労働者であったかもしれない。

調査・研究過程でわかったことは、個人主義を社会行動科学として実証しようとしたのは、アメリカ心理学会にあって、イリノイ大学のトリアンディス教授（と彼のグループ）とわたしだけであった。

トリアンディス博士と彼のグループは、しかしながら、個人主義を集団主義に対抗するものとして捉え、それによって、日本とアメリカの「違い」や東洋と西洋の「違い」を説明した。比較文化心理学の大きなテーマとしては、うってつけの学問・研究課題のように見えた。

ニューヨーク州立大学のわたしの研究は、仲間のいない一人ぼっちの仕事であり、博士論文顧問のブラメル教授からは「死ぬまで研究しても終わらないぞ」と同情か脅迫かわからない環境でのそれであった。死ぬよりずっと以前に研究した成果は、集団主義と対立する、別の言葉で言えば、集団主義とネガティヴな相関関係にある個人主義（自己本位型個人主義）と集団主義と対立しない個人主義（個人の特性を重視する個人主義）を解き明かした。そのことで、とりわけ熾烈だったアメリカにおける個人主義論争に答えを出した。インテリジェンス（IQ）論争のような個人主義論争に、IQ（知能）テストが一つの具体的な回答を提示したように、わたしの個人主義の測りは、同じように個人主義の態度・行動の実体を測る測りによって、論争をもっと具体的に展開・進行させるのに貢献したと思う。

博士論文は書き終わった後、顧問が読み、問題がなければ、そのコピーが他の論文審査委員に回される。

早い時は二週間以内に、遅ければ一ヶ月ぐらい後に、口答試験が行われる。早いか遅いかは、委員会の各々の論文を読む時間や仕事などのスケジュールで決められるのだが、口答試験は往々にして公開であり、そこには院生や時には学部生、他の学科や学部の教授たちも参加が許される。その公開口答試験で、論文提出者、すなわち博士号候補者は研究論文の内容をプレゼンテーションする。その後、内容に対して委員会の各々の質問があり、それに「的確に」答えなければならない。

内容に大きな問題があれば、もちろん論文再提出となり、そのための研究や書き直しをしなければならなくなる。問題が極めて小さい場合は条件付で論文が仮受理されることもあり、訂正・改正の後に正式な提出となる。

よって、この口答試験は極めて緊張し、プレッシャーが大きい瞬間だ。顧問のブラメル教授や家族付き合いしてきたロナルド・フレンド教授から、わたしの口答試験に招待された奈那子は、夫のその緊張を感じて招待を受諾する勇気が出てこなかった。

後からいくぶん報告するだろうと思うが、トリアンディス教授たちの個人主義の把握と理解は、わたしのそれよりもかなり限界のある理解ではなかったかと思わざるを得ない事態が起こってきた。八〇年代後半から九〇年代に入ると、信じられなかった数のアメリカ人労働者がアメリカの日本企業に雇われるようになった。

個人主義のアメリカ人たちが集団主義の日本人の経営者たちと一緒に仕事をするようになり、個人主義と集団主義の対立が疑わしいほどだった。アメリカでアメリカ人労働者たちによって造られた優秀な日本車がアメリカ車の量を凌駕して走り始めるようになったことは、その一例ではなかろうか。同じコンテキストで、アメリカ人学生に心理学を教える日本人教授が語られてもいいのではないか、と思う。

第三章　日本人の日本人によるアメリカ人のための心理学

初めは意図してなかったと思うのだが、知的好奇心とでもいうのか図書館の本を片っ端から読むようにして、アメリカ心理学会の個人主義論争に巻き込まれた。ドン・キホーテの風車のごとく、とてつもない巨大なテーマであるアメリカ個人主義論争に立ち向かい、たぶん元々は社会学や文化人類学の分野であったテーマに、社会行動科学としての心理学を武器に挑んだ。

妻子を抱えた集団主義の国日本から来た向こう見ずな留学生には、お供のサンチョ・パンサもいなかった。同情と脅迫で論文作業を急かせながらも常にサポートをくれた顧問のブラメル教授は、わたしが死ぬ前に終えることができた研究論文の口答試験場でひと言だけ質問した。

「データ収集もファクター・アナリシスの方法も統計上の数字も悪くないんだが、結論を支持するエクスターナル・リファレンスがあるのか?」

エクスターナル・リファレンス(external reference:外部の信用照会・資料)の言葉を使って、口答試験場で唯一発した質問であった。顧問と教え子のそれまでのやり取りで、論文に問題はなかったはずだったが、学界で他に誰か同じような結論を実証した研究者がいれば、完璧なのだが……といったニュアンスを含んでいた。たぶんそれは、わたし自身に対する質疑よりも、他の三人の論文審査委員の同じような疑問を代弁しながら、かつ論文の特殊性と成果を支持している響きも含んでいた。

「いいえ、ありません。たぶんわたしが初めてですから。しかし、アメリカ個人主義支持者たちにも個人主義批判者たちにも納得できる結論だと信じています」

アメリカの大学に就職できる最低限の資格を修得したことは最もうれしい出来事の一つに違いなかったが、すぐ仕事が舞い込んでくるわけではなかった。

「追いかける二兎」のもう一つ、反核・平和リサーチで、アメリカのレーガン政府に大きな恥をかかせてしまった。オランダの国際政治学会の帰り、「アメリカに好ましくない外国人」としてブラック・リストに載せられていたと、その事件でわかるのだが、わたしはケネディ空港で逮捕され四十四日間の連邦拘置所の「牢獄暮し」に突き落とされた。そして、日本政府からも見捨てられていた日本人留学生をアメリカに連れ戻してくれたのは、他ならぬアメリカ人たちであった。

多くの大学関係者たちと法曹界、ジャーナリズムの精神が残っていたテレビ・新聞・ラジオのマスメディアとワシントンDCの上院・下院の議員たち、そして見も知らぬ無数のアメリカ人たちは、わたしを「牢獄」から首都ワシントンDCまで担ぎ上げ、第一〇一回議会の公聴会の証言台に立たせ、ブラック・リストの見直し、アメリカへの入国及び移民法の改正の政治運動に発展させた。自由と民主主義の国といえど、アメリカ政府にブラック・アイ(black eye：目の周りに黒い痣をつける)を与えた厄介者を雇う大学が、そうたくさんあるとは思えなかった。たとえ、非がレーガン政府にあり、わたしが圧倒的な国民の支持を得ているとしても(前掲『アメリカを訴えた日本人』)。

一九九一年五月二十一日の『ニューヨーク・タイムズ』紙は一面のトップ記事で、「冷戦に挑戦、学者ブラック・リストと闘う」と顔写真入りで二ページのニュースを伝えた。朝刊が配達され店に並ぶ頃、四つか五つ目の大学の就職インタビューに出向いていた。

大学のあるロングアイランドの家から車で四時間あまり離れたニューヨーク州の北にある大学だったから、午前十時の面接試験に間に合うために早朝家を出発したわたしは新聞を買う時間などあるはずもなく、ましてや『ニューヨーク・タイムズ』紙の一面に自分のことがデカデカと載っていることなど夢また夢の夢だった。

二時間近い面接が終わり、「これから帰る」と家に電話をすると、「近くの店に行って、新聞買って読んでごらん」と言って奈那子は電話を切った。読んだらわかるから、新聞沙汰になったらお終いよね、勘の鋭い彼女はわたしの就職探しに絶望的だったかもしれない。その夜九時頃電話が鳴った。

受話器の向こうには、心理学助教授職の最終選考に残った三人の面接の結果を知らせる選考委員会の長が出て、わたしが採用されなかったことを告げた。「他により優秀な方がいらっしゃったものですから。しかし、この決定は政治的なことで裁定したわけではありませんから、そのことをご承知ください」と、言わなくてもいいことを最後に付け加えて電話は切れた。

それからも心理学教職で募集があれば応募した。いいニュースはなかなか来なかった。ニューヨークを離れ、よその州へ行けばチャンスは多かったかもしれないが、手強いアメリカ政府と対峙している以上、政治的に最も安全な土地はニューヨーク以外になかった。

八月中旬が過ぎて、秋の学期が始まる頃になって職探しを諦めかけていた頃、ニューヨーク州の北西でバッファロー市やロチェスター市が近いペンシルヴァニア州との州境にある小さい大学から、面接の知らせが届いた。家から車で八時間あまりの遠さで、午前十時からのインタビューに前日から出発し、大学から四、五〇〇メートル離れたモーテルに一泊した。

一般に、三人から五人の審査員の面接が普通なのだが、この時は十五、六人に近い大勢の参加者の面接でびっくりした。

さらに印象深かったのは、最初の発言者がアファーマティヴ・アクション・コミッティ（Affirmative Action Committee：社会的弱者〔少数民族・女性・障害者などの〕ために機会の均等よりも結果の平等を推進する社会政策で一九六〇年代の市民権運動から生まれた）の代表者で、質問内容に関しての注意事項を読み上げたことだ。思想・信条・宗教などに関する質問、教職活動に関係ないプライヴァシーの質問や政治的な質問などはしないこと。どこまでもプロフェッショナルに徹し、最高学府としての高潔さを保った態度で臨むように、と。

この出だしに気分が落ち着き、もう慣れっこになっていた面接だったが、いい感じで進行していったように憶えている。インタビューが終わって、元来た道を長いドライブで戻った。

帰宅を待っていたかのように電話があり、社会行動学科の科長アシュラフ社会学教授から採用の通知をもらった。三日間で借家の掃除をし、なべ釜布団、家財道具一式貨車に積み込み、また一家四人は引越し旅行をすることとなった。今度は貨車にオムツを積む必要のない引越しだった。

アメリカのヒロシマ・ナガサキの原爆投下は正当化できるか？

コーヒーを入れながら、たまげてしまった。

原爆投下が正当化できるかできないかなどという次元の問題ではないはずだ。廊下ですれ違ったぐらいの間柄で、非常勤講師のK先生については何も知らなかった。

招待状を読み返すと、「当然のことと思われますが」、わたしが否定的な立場で、彼が肯定的な立場で論争を進めたい、と提案している。わたしが日本人だからに違いない。

アメリカ人の彼が日本への原爆投下を肯定し、日本人のわたしが否定するのは、「当然だ」という。

しかし、招待状の終わりに、立場を逆にしてもいいともいう。日本人のわたしが「原爆投下を正当化し」アメリカ人のK先生が「原爆投下は正当化できない」と。

コーヒーの味が消し飛んで、冷たいただの水だった。一般教養心理学講義の長旅の疲れを癒すためのコーヒーだったのだが……。

翌々日、K先生の部屋に向かった。隣の大学でもアメリカの歴史を教えているそうで、隔日にしかわが大学には来ないとの秘書の話。地元の高校で「アメリカ史」を三十数年間教え、当時では珍しく高校の先生をしながら現在パートで教えている大学で「アメリカ史」の修士号を修得し、高校を退職した後非常勤講師として二つの大学で教鞭を執っているとのことだった。

「招待状をありがとうございました。論争、お引き受けします。しかし、わたしからの逆提案ですが、K先生、あなたが原爆投下の正当性を否定し、わたしが肯定するのはどうでしょうか？」

一瞬呆気にとられた表情でわたしを覗き見たが、わたしの提案を再度確かめるふうに念を押した。

「本当にそれでよろしいでしょうか？」

まったくよろしくなかったが、よろしいですと相槌を打った。

わけのわからぬ、気詰まりな、何ともいえないおかしな雰囲気が一瞬二人とその周囲を包んだが、彼のオフィスを出た後、わたしたちは気づくことになる。それがなぜ気詰まりで、わけのわからぬ、おかしな提案であったのか、と。K先生がそういう気分になったどうかは確認はできないが、少なくともわたし自身いやな予感がした。

論争では勝たなければならないのだろうか？　論争の目的は、論争において論陣をしっかりと張り、相手を打ち負かすことが目的だろう（か⁉）。原爆投下が正当化できる理由などあるはずがなかったし、今もない。とりわけ日本人には。

「当然のことと思われる」から、グレッグは招待状でそう言ったはずだ、（被爆の日本から来た日本人の）わたしが否定的な立場で、（一つではなく二つも落としたアメリカのアメリカ人である）彼は肯定的な立場をとったらどうか、と。

招待状を読み返した時、たとえアメリカ人だったとしても、ヒロシマ・ナガサキへの原爆投下がなにゆえに「当然のこと」として正当化できるのかが、わたしには考えられぬことだった。日本人としても、人間としても。アメリカ人が人間なら、当然……と不遜な仮定すら思いつく必要もなかった（この本のどこかで報告したが、アメリカ人の八〇％が反核である）。

反核運動の一環としての「反核態度と反核運動の不一致」の心理学的研究を今日まで続けてきたのは、「当然のこと」である、態度と行動の一致が見られぬ多くのアメリカ人の精神的な不健康から、健康的な社会生活を回復するための「社会的責任を果たすための心理学者」の仕事でもあった。

核兵器のないアメリカ社会を創造する想像は、空を飛ぶ夢を見る子供よりも馬鹿げているとしても、だ。巨大な風車のような個人主義と反核の二兎を追いかけていたドン・キホーテは笑い話にもならないが、日本への原爆投下を正当化できる話は笑い話どころではないし、絶対にさせてはならない。

K先生の部屋を出て、自分のオフィスに戻って初めて気がついた。アメリカ人の先生に「ヒロシマ・ナガサキへの原爆投下の正当性を否定させること」にさせたが、日本人のわたしは、「原爆投下を肯定する」手だてを考えていなかった。

　何とでも言い繕える、と気軽に思っていたのだろうか……。

　論争には勝たなければならないだろう（か!?）。負けてもいいか……。今回は負けてもいいか……。この論争に限っては、ボロ負けしたほうがいい……。

　自分の心理学とは別の学科、アメリカ歴史のクラスとはいえ、自分の大学の学生たちの前で論争するのだから、ちゃんとした準備はしなければならないとは思った。以前わたしの一般教養心理学クラスにいた学生もK教授の一般教養課目として「アメリカ史」の講義を受けているかもしれなかったし、同じ社会行動学部の同僚としてのグレッグとの論争に、不真面目であってはならなかった。たぶん、もうすぐ終わる二十世紀の世界政治と日米関係を決定しただろう太平洋戦争と二発の原子爆弾の論争は、二十一世紀の世界政治と日米関係を考察する時、きちんと捉えておかなければならないはずであり、心理学の教授であっても真面目な対応が問われたはずである。

　反核運動とピース・スタディをする過程でも、その姿勢は変わらなかった。「反核」は世界平和という人類の目標にあって、一国家を、たとえアメリカ合衆国といえど、超えたすべての国々を結びつける国際主義を推進しなければならない。そのことは、国家主義、ナショナリズムを克服することでもあると信じてきた。

K先生から二冊と図書館から二冊のアメリカ史の本を借り出した。自分の本棚には、アメリカ史の本が一冊もなかったから。受験勉強と言えば大袈裟だが、毎日心理学の講義をしながら、歴史専攻で入学した新入生の大学生のように日米戦争の章を読み調べた。

十月の中頃、論争の日が来て、わたしはK先生のクラスへ赴いた。三十五、六人がいる教室で、先に入っていたK先生に軽く一礼し、中に入った。少しざわめいていた部屋がわたしの入室で瞬間静けさが訪れたのは、アメリカ史に日本からの外人さんが来たからかもしれない。

ゲスト・スピーカーの紹介をした後、招待状にあったように、彼は論争の手順を説明した。

「……ドクター・ヤタニの父上は第二次世界大戦時、日本軍隊のパイロットでありました。戦争がもう少し長引けばアメリカの軍艦に体当たりしていたかもしれません。一九四五年の八月、父上は病気のため一時軍事基地を離れ故郷に戻り結婚しました。幸運にも戦争が終わり、軍務に帰する必要がなくなりました。翌年五月ヤタニ家に彼が生まれました」

それから、彼はわたしの学歴と専門の研究分野を紹介し、すべての学生たちは必ず一科目はヤタニから取って卒業するように、と強く推薦してくれた。

こういった教育の場でも、冠婚葬祭の場と同じようにゲストや参列者を褒めるのがとりわけうまいアメリカの文化的な習慣に、サンキューだった。

日本は褒め倒すことを躊躇するのだが、アメリカでは褒め殺すのだ。

だが、「幸運にも（fortunately）……」と、K教授は言ったのだが、戦場に帰る前に戦争が終わり、戦死を免れた自分の父は「幸運」だったろうか。五十年も前、同志社大学の入学にあたって京都へ行った時、在学中の保護者だという田中さんが、父と二人で泊まっている旅館を訪れた。

遅くまで、酒が入りながらもヒソヒソ話を続ける田中さんと父親との会話を、ほんの少し開かれた襖の陰から隣の部屋に敷かれた布団の中でわたしはじっと聞いていた。

大勢いた浜松航空隊の戦友たちの行方はあまりわからず、二人が消息を知っているのは本人たちと、京都で天皇家の墓守をする泉涌寺の住職の三人だけだと語っていた。生きて帰るのが恥だと教育された時代だから、久しぶりに会った戦友と酒が入っても、ヒソヒソ話しかできない親父たちを哀れだと十八歳は感じた。「幸運にも……」というK先生は戦争に勝った国の人だからか。

「当時、わたしの父親はビルマで日本軍と戦っていました。たぶん、ヤタニ教授の父上のご病気の時期と同じ頃だと推察しますが、戦場で負傷した父はアメリカ本国に送り返されました。きょうこれから、彼らの息子たちがヒロシマ・ナガサキへのアトミック・ボミングをめぐってディベートを行います」

現在使われている四冊の教科書と、K教授が貸してくれたトルーマン大統領のホワイト・ハウスからのスピーチの入ったCDでアメリカ史を勉強した心理学教授は、教科書に忠実に従って、原爆投下の正当性を力強く語った。

説得性の強弱について、一般心理学のテキストでは、「社会心理学の章」で三点について研究報告が載っているから、これを参考にできる。

実はそれ以外にも複雑な要因が関連するのだが、極めて単純化すれば、

（一）話し手の特徴は、信頼性（credibility）があること。人目につく魅力（attractiveness）があること。前者では肩書き、学位も含めた教育度が高いこと、家柄・仕事上の組織が社会から高い評価を得ていることなど。

（二）聞き手の特徴は、教養の高い人々の集まりか、それとも低い人々の集まりかによる。教養の高い人々の集まりでは、客観的な事実を踏まえて理性的な話し方を。低い人々の集まりでは、感情的で感性に訴える話し方が有効。

（三）メッセージの特徴は、恐怖を与えるメッセージが一般的に説得性が高い。また、聞き手、聴衆が話し手と同じ立場の場合、あるいは違った立場を取っていても、そのメッセージに知識が深い場合などは、賛成・反対の両方を話したほうが説得

の効果は高い。

容姿には自信がないが、これは遺伝だからどうしようもない。大学教授というのはアメリカでも結構信頼性が高いし、日本を遠く離れ親不孝をしているが両親も喜んでくれている。隠岐の島出身で、日本語も英語も得意ではないが、日本人でも大学教授だから、アメリカ人の学生にも信頼があるのではないか。学期の初め、インターネットでわたしの事件を知った学生たちも、世界一立派な自分たちの政府から国外追放にさせられそうになった悪名高いプロフェッサー・ヤタニを「オーサム（awesome）、クール（cool）」格好いいね、と日本語の表現で騒いでいた。

世界地図では失敗したが、学生たちの教養はどうだろう。一九八三年のアメリカ政府教育省出版の『危機の国』（*A Nation at Risk*）以来、この国が抱えている大きな社会問題の一つに、一国を危うくさせるような教育程度の低下を挙げていた。それから十年して出版された九四年の『人種差別と性差別に挑戦』（*Challenging Racism & Sexism: Alternatives to Genetic Explanations*, 1994）で教育改善に取り組む十六人の研究論文があるが、外国人としてわたしが一人参加している。

ルールに沿って、わたしが先陣を切った。

「一九四一年十二月七日、日本軍はハワイのパール・ハーバーを突然襲いました。宣戦の予告もなしにです。この卑怯で野蛮な攻撃でアメリカ合衆国の戦隊は膨大な被害を受け、アメリカ兵二七〇〇名が無残に殺されました。

これが太平洋戦争、第二次世界大戦の米日戦争の始まりです。トルーマン大統領も言っているように、平和を愛するアメリカ国民は、それから勇敢に日本と戦いました。執拗な敵の攻撃に遭いながらも、反撃を続け四年後の四五年八月に日本は無条件降伏を受け入れました。二十億ドル以上の費用をかけて製造したアトミック・ボムを軍事基地のあるヒロシマと三日後のナガサキに投下することによって、われわれアメリカ合衆国は戦争を勝利に導きました。TNT火薬にして二万トン以上の破壊力を持つ、人類が知る初めての原子爆弾によって、戦争に勝利したのです。もしそうしなければ百万人にのぼるアメリカ兵の死者を出したことでしょう。

これらの原子爆弾を使うことによって、百万人のアメリカ人兵士を救うのみならず、百万人以上の日本人の命をも救いました。この新しい、革命的に破壊力を増した核兵器によって戦争を早く終わらせることができたからです」

K教授が続いた。

「戦争を終わらせるために、そもそも原子爆弾は使う必要がありませんでした。八月六日のヒロシマへの原爆投下以前に、日本はすでに戦争を続ける力がありませんでした。大日本帝国の最強部隊であった関東軍は八月に入った頃には百三十万人から半分以下の六十万人に減り、兵員のみならず戦争に必要な武器その他の軍需物資に欠け、八月八日のソヴィエト軍の満州国への進軍で敗走していました。ヨーロッパではは五月の初め、ヒットラーのドイツが降伏、一九四五年二月のヤルタ会談で決まっていたように、ソ連のスターリン書記長は連合国の米国のフランクリン・ルーズベルト大統領と英国のウィンストン・チャーチル首相にソ連の参戦を約束していたからです。

歴史学者たちが言っているように、一九四五年の十二月の終わりまでには確実に、十一月前でも可能性は高かったのですが、日本は降伏する時期にありました。

七月二十六日、米国・英国・中国の三ヶ国はポツダム宣言で、日本に降伏するよう最後通告をしました。そして、日本側でもこの通告を受け入れる準備がなされた事実があります。彼らが無条件降伏をするにあたって、最も腐心したのは天皇の処置でした。

これに関しては事実をめぐって日本とアメリカの両国でさまざまな論争があって、統一した見解はなく、今もなお論争は続いているとしておきましょう。きょうの論争で肝心なのは、ヒロシマ・ナガサキへの原爆投下の正当性ですから。結論は明確です、日本の降伏と終戦には原爆投下は必要ありませんでした」

「アメリカで、ひょっとすると世界で最も有名なアメリカ作家の一人に、ヘミングウェイがいます。みなさん彼の作品を読んだことがありますか?」

三十人以上もいて、一人の手も挙がらなかった。作戦を変えなければいけない、歴史の事実を並べ述べて原爆投下の正当性を否定するK先生に対して。

「ヘミングウェイは、彼の作品『武器よさらば』の中で、こう言っています。戦争の悲劇は、いったん始まると勝たなければならないことだ、と。

戦争は勝たなければなりません。勝者が正義として歴史を書き、敗者は歴史の中で常に敗者としていかなる弁解も退けられます。歴史はこれまで常に男の歴史で(History is "his" story, not "her" story)、女の側からの歴史は書かれませんでした。

みなさんご存知だと思うのですが、アメリカには最近までアメリカ原住民(The Native American、インディアンの呼称は差別的とされる)の歴史も黒人の歴史もありませんでした。

真珠湾攻撃の後、日本軍はアジアでも太平洋でも大攻撃に出ました。それ以前から朝鮮を併合し、中国に満州国を創り、そしてインドシナ半島への南下と、欧米のアジア植民地化からアジア人を解放する名目で侵略を始めていました。ヨーロッパでの連合軍の攻勢で三国同盟のドイツ・イタリアの敗北が近づき、太平洋戦争でも日本軍の後退が始まると、日本国内では、女性も年少者も日本国を死守するために一丸となって戦う決意をしていました。

神風特攻隊のアメリカ艦隊への体当たりを見てください。銃や弾丸がなければ、竹やぶに入って竹槍を用意したのです。

肉親や友人、同じ村の人や多くの国民がアメリカの爆撃で殺された後、最後の一人まで戦う決意が日本人らしい生き方だと教育され、生きながらえることを恥だと思わされていました。

天皇を守るためにも勝たなければならない日本人と戦うアメリカ人は、たとえ日本上陸を果たしたとしても、百万人の犠牲を強いられ可能性がありました。アメリカ軍の司令部も政府のリーダーたちも深刻に勝利と終戦の政策を検討したのです。

現在の貨幣価値で三百億ドルも費やしたマンハッタン計画で作られた原子爆弾は、戦争を早く終え、何十万人というアメリカ兵の犠牲と同等の日本人の命を救うための科学の叡智だったのです」

「ヤタニ先生の論陣は、極めて不条理、不合理で、まったく愚の骨頂だと言わざるを得ません」

K先生はabsurdity（不合理、馬鹿げた、不条理）という、わたしには我慢のならない言葉を使った。

「まず、百万人も犠牲を出すような作戦をする戦略・戦術はないし、軍人・将官はいません。恐怖感を煽る正当化論です。後年、この百万人の犠牲者の数字をめぐって論争がありました。ジェネラル（general：陸軍大将などの制服組トップリーダー）を含めた軍事専門家たちによれば、あの当時アメリカ軍が日本上陸して日本側の不屈の抵抗があったとしても、米国側の犠牲は、最大で四万から四万五千人くらいだっただろうと推定しています」

「只今のK先生の発言は、アメリカ史の歴史学者たちや研究者たちの一部に見られる修正主義者の発言です。自分たちのアメリカの歴史を否定的に捻じ曲げて、正しく理解しない少数派の、アメリカ史の歴史家・歴史研究者として好ましくない人たちの言い分です」

K先生の発言箇所はわたしも読んだ。歴史学界で最も権威があるといわれている一人のアラン・ブリンクレー（Alan Brinkley: Columbia University）の『未完の国家：アメリカ人民の簡潔な歴史』（*The Unfinished Nation: A Concise History of the American People*, 1993）によると、K教授が言った日本上陸に際して推察できる犠牲者の数字を低く言う人々は、今日まで受け入れられてきたアメリカ史を捻じ曲げる修正主義者として排斥されたり、学界でも地位・権威・信頼性を疑われる風潮があると。

「さらに、二、三付け加えたい歴史上の出来事を話します。第二次世界大戦の際、合衆国政府は、とりわけ西海岸の州に多かった日本人及び日本人血筋のアメリカ人たちを逮捕、土地・財産を没収し身柄を捕虜収容所に拘留しました。

その数十二万人以上です。アメリカの敵はヨーロッパにもいたのですが、ドイツ人やドイツ系のアメリカ人、イタリア人やイタリア系アメリカ人は誰も、日本人や日系アメリカ人が受けた過酷な仕打ちを受けていません。

どうしてでしょう？　ヨーロッパでの原爆投下が検討された事実はまったくありません。どうしてでしょう？　一つの見解は、人種差別です。白人系のヨーロッパ系アメリカ人の有色人種、黄色人種に対する差別が原子爆弾の日本での投下を決定させたのではないでしょうか？」

「それも、修正主義の一つです、Ｋ教授！　先生はアメリカに人種差別者がいたというのですか？　人種差別で日本に原子爆弾を落としたなどという発言はやめてください。

多民族の国、移民の国、世界中から自由と平等を機会均等を求めてくるアメリカに、人種差別で政策決定をすることなど、ありえません。

国際法にもありますが、戦争布告することなしにパール・ハーバー攻撃をしたのが日本です。アメリカは被害者でした。ルールを無視した加害者は罰されなければなりませんでした」

「みなさんも知ってのとおり、プロポーショナリティ（proportionality）という言葉があります。これは、釣り合いがとれている状態を指す言葉で、物事の是非を裁断する際にも使われます。日本の真珠湾攻撃で二七〇〇人のアメリカ兵が殺されました。ほとんどの犠牲者が軍事行動に携わる兵士でした。

ヒロシマでは瞬間に八万五千人から九万人、その年の暮れまでに十二万人から十四万人が殺されました。ほとんどの犠牲者が、軍人ではなく一般の民間人でした。プロポーショナリティの概念からしても、到底受け入れられる数字ではありません」

「K先生、人の命はみな大切です。アメリカ人の命も日本人の命も同じく大切な命です。白人の命も黒人の命も、男の命も女の命も、ヘテロ・セクシャルもホモ・セクシャルも、ヴェトナム兵士もアメリカ兵士もです。ですから、命の大切さを数で比べるのはやめましょう。

ヴェトナム戦争で五万八千人のアメリカ人が死にまだ二千名が行方不明です。あの戦争でヴェトナムでは二百万人が殺されたといわれています。しかし、アメリカが悪かったという公式見解をアメリカ政府から聞いたことがありません」

「最後に、ヒロシマに原子爆弾を落としたのは、アメリカの勝利と日本降伏ということ以上に、原爆投下の翌日参戦したソヴィエト、今日のロシアに対する牽制ということです。第二次大戦後の世界政治を見れば一目瞭然ですが、戦後世界政治でアメリカ合衆国有利の立場を築くための、ロシアに対する牽制でした。

TNT二万トンに匹敵する破壊力は他の国、とりわけロシアに対する恫喝的な意味があったのです。それ以後の核兵器の拡散と政治力の相関関係を見れば、明らかです」

「第二次大戦後の政治力を高めるために、日本のヒロシマとナガサキに原子爆弾を落とした、という証拠は見たことも聞いたこともありません。

Ｋ先生、それも修正主義者のアメリカ史観ではありませんか？　マンデー・モーニング・クォーター・バックと同じ論法です。ゲームが終わった後では、どんなふうにも言えますから。戦後政治のありようを見て、たとえ論理的にそうだったとしても、当時のアメリカ政府の陸軍省（The War Department）がロシアを牽制して日本に原子爆弾を二つも落としたという証拠もなしで言うのは、史実に基づいた見解とは言えないと思います」

わたしが言い終えると、Ｋ先生は論争に関して次週までの宿題を出した。用意してあった一枚のホーム・ワークの紙には、学生の名前の他に、（一）ヒロシマ・ナガサキへの原爆投下をめぐる論争において、ヤタニ教授とＫ教授のどちらが勝ったか、もしくはどちらの立場を支持するか答えなさい。（二）勝った理由、もしくはなぜ支持するのか、その理由を簡単に述べなさい。

教室を出たわたしの足取りは重かった。オフィスに帰れないほど、ものすごく重かった。オフィスにたどり着き、いつもの生活に戻って、数年経ってこの原稿を書いている今でも、気分は晴れないでいる。どんな理由にせよ、口が裂けても「絶対に肯定してはならないヒロシマ・ナガサキへの原爆投下」を肯定したのだから。

ジャパニーズ・アメリカンの息子たちとジャパニーズの両親

9·11の前だったと記憶するのだが、夜の十一時頃、次男と彼のガール・フレンドのグレースが家に帰ってきた。わたしはいつものようにテレビニュースを観る頃だった。

確か一緒に映画に行ったはずだったから、彼女を家に送って行く前に、自宅に立ち寄ったのだろう。ただいま、と言って玄関から入り、近くのソファに一緒に座り込んだ。お帰り、と言って、すぐニュースが始まったので、二人のことは気にならず、ニュースに観入っていた。

「おとうさん、何であんなことやっちゃったの？」宇意は突然に英語で問いかけてきた（"Dad, why did you do that!?"）。

「何を……」うわの空で訊き返した。

「何であんなことやったんだよ～」今度はちょっと怒ったように問い返した。

二人のほうを見やると、夜のデートで映画を楽しんで帰ってきたばかりのティーンエイジャーの表情はそこにはなかった。グレースはソファにうなだれていた。一瞬変な予感がして、何を？（"What!?"）と英語で訊いた。

「どうしてあんなことしてしまったんだよ」

「何の映画に行ったんだっけ？」

問い返しながら、猛スピードで子供を気遣う親の勘を働かせた。確か、公開されたばかりの新しいハリウッド映画『パール・ハーバー』を観にいくって、出かける前に言っていた。今そこにいる二人とはまったく違った、ウキウキした後ろ姿が浮かんだ。

「映画がどうした？　何があったんだ？」（"What's about the movie? What happened with it?"）

グレースにもわかるように英語で尋ねた。日本の真珠湾攻撃については、何も知らない、といったふうに。

「日本がパール・ハーバーを攻撃した。どうしてよ？」（"We didn't do anything, did we!?"）

アメリカ人の次男は、We（わたしたち）と言った。わたしたちアメリカ人は日本に何もしなかったのに、どうして日本人はあんな卑怯なことやったんだと訴えていた。

わたしが修士号を目指して学生をやっていた時、オレゴン州の学生町コーヴァリスで生まれた彼は、生まれた瞬間からずっとアメリカ人だった。彼を生んだ母親も、子作りに手を貸した父親も、生まれた時から日本人だった。アメリカ人は、日本人に日本人が行った真珠湾攻撃について道理にかなった説明を求める権利がある、と。子供は優秀なアメリカ人で、アメリカの学校で学んだアメリカ側に立った太平洋戦争の歴史を知っていたはず。

「悪いんだが、お父さんはその時まだ生まれていなかったから、なぜ真珠湾攻撃をやったのか知らないんだ。本当のことだよ。戦争が終わってから生まれたからね」

期待した答えが返ってこなかったことで、息子は一瞬肩透かしを食わされたような表情を見せたが、父親としての義務と日本人としての義務を果たさなくてはならなかった。

息子の質問は極めて正当なそれだったし、日本人の父親がそれに答えられないのが、隣のアメリカ人のガール・フレンドの手前、面子を失うことでもあったに違いないのは、どんな親でもわかる。

「お父さんは知らないけど、宇意のおじいちゃんはどうして日本が真珠湾攻撃やったかを知っていると思うよ。おじいちゃんは、戦争がもうちょっと長引いていたら、神風特攻隊としてアメリカ軍の艦隊に突撃していたかもしれないし……」

戦後生まれのわたしは、息子の問いに逃げようとしたわけではなく、実はわたし自身も知りたかった問いに、答えるべきで答えられるわたしの父親、息子の祖父にバトンを渡した。

「そら、そこにある電話を取ってすぐおじいちゃんに電話しなさい。今、日本はちょうど昼の十二時半頃だから、ご飯時分で、家にいるはずだよ」と。しかし、息子は電話しなかった。若い二人は電話を憚るような仕草でお互いに顔を見合わせ、時々チラッとわたしを見た。

そのほんの数分間、わたしは四、五日前に読んだ『ニューヨーク・タイムズ』紙の『パール・ハーバー』の映画評を思い出していた。

『タイタニック』と同様に、歴史的な大悲劇をバックにしながら、若い男女の恋愛を沸き立たせた、ハリウッドお得意の金儲け映画だった。『００７』や『ロッキー』のようなヒーロー映画ではない。

大学生でも描けなかった世界地図にある東洋の得体の知れない黄色人種の日本軍が、アメリカの真珠湾を宣戦布告もない卑怯なやり方で攻撃した。若い主人公の二人は同僚のパイロットを含めて二七〇〇人を失い、二人と恋愛関係にある美しい白衣の天使の女性主人公も同僚の看護士を失う。常に生と死が背中合わせの戦場の兵士たちと白衣の天使たちの恋ほどロマンに満ちた筋書きはない。愛の「三角関係」の中で、秘密の指令を受けた二人の主人公が復讐の東京爆撃を行う。

東京を上空から爆撃するアメリカの男たちは、いわば真珠湾攻撃に対する「敵討ち」であり、敵討ちされるほうにとっては、それは「天罰」に等しい。日本の劇場の敵討ち映画のように、アメリカの劇場のすべての観客は押し止めることのできない拍手と大歓声の中で映画に観入っている。

敵討ちするアメリカ人と天罰を下される日本人の両方を持つジャパニーズ・アメリカンの息子が味わう葛藤は、本人には到底克服できないものだったと、日本人の父親には想像できた。満員の観客と一緒に正義を行使する美男子のパイロットの東京爆撃と共に、「ジャップ、地獄へ落ちやがれ！」と叫びたいだろうアメリカ人の息子と、日本人の家族を持つ日本人としての息子のアンビヴァレンス（ambivalence：心理学でいう両価感情）は、心理学者には痛いほど理解できる。精神異常をきたしたとしても、まったくおかしくない情況である。

この特殊撮影を駆使した『パール・ハーバー』は、一億四千万ドルの制作費で四億五千万ドルもの興行収入を稼ぎ出した。莫大な興行収入の割には、ノミネートされた四つのアカデミー賞の中で、たったの一つ、それも音響編集賞（sound editing）を受賞しただけだから、芸術作品としてはB級のランクで、娯楽中心の域を出ないものだったのだろう。

だが、娯楽中心で金儲けだけを追求した映画で、世界政治や世界史、アメリカ史や日本史を取り扱ってもらっては困るし、迷惑であり、未来に禍根を残してしまう。

「グレースさんも宇意君も、ちょっと聞いてくれ。学校の歴史の時間で学んだはずだけど、第二次大戦は東京爆撃で終わらなかったでしょう？ ヒロシマとナガサキへの原子爆弾投下で日本は無条件降伏したはずなんだけど……」

「知っているよ」

それがどうした？ それと映画がどう関係あるの？ って感じで、父親の話を遮るようにして答えた。

「もし、もしもの仮定だけど、もし映画の場面がヒロシマ原爆投下で終わっていたら、どうだったろうか？」

「……」

「映画観たわけじゃないから知らないけど、主人公のパイロットが、機関銃の代わりに原爆投下のスイッチを押して、キノコ雲の上がったところで、思い知ったか！　クタバッチマエ～、ジャップ‼と叫ぶ。そしてキノコ雲の下に横たわる十万人以上の日本人の屍をズームアップして、ジ・エンド」

「……」

「劇場の観客は勝利を祝って、椅子の上に立ち上がって拍手しながら大歓声を発すると思う？」

「……」

「たぶんそんな観客は多くないと、思う」(I do hope not....)

「う～ん……」

二人はわたしのほうを見やってから、二言、三言お互いに話し、僕はちょっとグレース送ってくるからと言って、二人は家を出ていった。あのK先生との論争は、わたしのボロ負けであってほしかった。被害者が加害者になる……。

被害者が加害者になる……

「先生がヒロシマへの原爆投下を支持するなんて、信じられませんでした。だって、あなたは日本人でしょ⁉」

一般教養心理学の講義を始める直前だった。ピート君の発言でわたしが講義の前の静寂を求める必要がなかった。講義の前の静けさはうれしい緊張であるが、どういうわけか、日本人の先生が教えるアメリカ人学生の教室は、しょっちゅう事件が起こるようだ。

「そうでしたか、ピート君はK先生のアメリカ史の教室にいましね。あの時、他にも二、三人、このクラスにいる学生たちがいましたね……」

きょうの講義は第十二章の『人格について』（personality：性格・個性）の単元だから、別の話題で横道に逸れたくなかった。しかし、「ヒロシマ原爆投下」「日本人」、二つの単語で静止したアメリカの教室の緊張は、ピート君の発言に答えるまでは解けない頑固さと、同時にちょっと頼りない不安気な空気を感じさせた。

「ピート君の問いには、最も適した心理学理論と研究が次の社会心理学の章で取り扱われています。専門的に言うと、認知的不協和（cognitive dissonance）という理論で、もう少し後で一緒に勉強したいのですが……。

アメリカの人々はヒロシマ・ナガサキへの原爆投下を正当化できるみたいですが、日本人にはとても無理でしょう。日本人にはとても正当化できないことが、アメリカ人には正当化できるというのが、とても不思議でなりませんでした。ちょっと調べればわかることですが、アメリカ人の多くが核兵器はダメだと言っています。アメリカ人の調査で、日本の調査機関ではなく、アメリカのギャロップとか新聞・テレビのメディアのことですが、八〇％ものアメリカ人が核兵器の使用に反対しています」

わたしの調査でもそうです、とは言わずにおいた。わたしを見る学生たちの表情はもっともな数字だ、といったそれであったと思う。表情だけでは確信がなかったけれども。今でもそうだが、世界中いかなる国でも、核兵器に賛成する人たちがそれほど多いとは思われない。

大学院時代の共同研究では、何が反核運動を妨げているかをあっちこっちで発表していた。そして、その一つにナショナリズムがあることを。

アメリカのナショナリズムは、冷戦当時ではソヴィエトに対抗することでさらに強められ、アメリカ国内の反核論者やアメリカ政府の核政策に批判的な人々は、反アメリカ的だと封じられた、コミュニストであり、ソ連の支持者たちであると。貧乏留学生で、家族持ちの、何の力もない、取るに足らないわたしですら、ブラック・リストに載せられていた。

「たぶんほとんどの学生諸君も、その八〇％に入っていることと思われます。それで、わたしはK教授のアメリカ人学生たちに挑戦しました。核兵器を一番初めに造り、日本で初めて使い、第二次世界大戦の時ですが、ヒロシマ・ナガサキで十数万人の人々を一瞬にして殺した原子爆弾投下が正当化できるものかどうかに対しての挑戦でした」

国民が国家を超えるのはなかなか難しい。ひょっとして、無理なのではないかと思えるぐらいだ。

論理的に可能とすれば、「世界市民」になること。国際主義は国家主義を超える思想・信条であるが、行動や生活形態としての国際主義となると、これもなかなか難しく、厄介である。国際結婚はその一つであるかもしれないが、夫婦の国同士が戦争した場合、どうなるのだろうか? 夫婦の子供たちはどちらの親の国を支持するだろうか? 支持しなければならないだろうか? 第二次世界大戦のアメリカにあって、十万人を超す日系アメリカ人の処遇を見れば明らかだろう。

宇意とグレースは、『パール・ハーバー』の映画を観にいって、すっかりしょげて帰ってきた。しょげかえっているボーイ・フレンドを見て、アメリカ人のガール・フレンドもまた、行き場がなかったのではないか。

国家を超えられると思われる態度・行動に、「神の子になる」こともある。神の教えに従い、「良心的戦争拒否」(conscientious objection) が認められる。しかし、その力を知っている者たちは、神をも国家の味方に引きずり込むのだ。

戦争中、天皇の国家の日本人が一番よくご存知である。ヴェトナム戦争で、カシアス・クレー（Muhammad Ali：モハメド・アリ）がした一九六七年の戦争拒否もそうだった。三年前に勝ち取ったオリンピック金メダルを取り上げられ、牢獄へ送られることになった。

わたしたちは、国家を超えられないのか？

「わたしがアメリカ人の立場に立ち、K教授は日本人の立場に立ちました。ピート君が言うように、まったく信じられないことがアメリカ史の教室で起こりました。被害者の国の日本人が原爆投下を支持し、加害者の国のアメリカ人のK教授が原爆投下を正当化できない、と言ったのです」

存在が意識を規定するのか、意識が存在を規定するのか、の議論がある。前者はマルクスで後者はヘーゲルとしておこう。

どちらの思想哲学が正しいかの論争ではない。もし、存在と思想が一致しなかった場合のことを言いたいのである。極めて単純化して言えば、現実にある存在と、それまで正しい、少なくとももっともらしいとされていた思想あるいは考えが不一致の場合のことについてである。

日本人のヤタニ教授は原爆を落とされた国の人であり、ヤタニも含めた日本人はその言語を尽くせぬ大惨事のゆえに原爆投下は正当化できないというのは、議論の余地のないところである。これはアメリカ人の大学生にも理解できる。

アメリカ人のK教授は、原爆を落とした国の人であり、K教授を含めたアメリカ人は原爆投下の正当性を教えられ、信じてきたし、それはアメリカ国民の気概でもあった。「パール・ハーバーを忘れるな！」（Remember Pearl Harbor!）と太文字で書かれたカレンダーや車のステッカーは、アメリカで暮らし始めてからわたしたちの日常生活の一部だったから、日本人のわたしにもわからないわけではないとも思える時もある、支持・正当化はできないとしても。

ところが、背格好といい、英語の訛りといい、存在として確かな日本人のわたしが、原爆投下を支持する発言をアメリカの教科書にあるとおりに展開した。

しかも背格好といい、訛りのない流暢な英語で、存在として確かなアメリカ人のK教授が、ほとんど教科書にも載ってなく、聞いたこともない、アメリカ人の関心が薄い「世界史と複雑な国際政治史」を説明しながら、原爆投下の正当化に無理がある、と議論を展開した。

社会心理学者レオン・フェスティンガー（Leon Festinger）が提唱した認知的不協和理論が予言したとおり、教室に得体の知れぬ、落ち着きのない、不愉快な空気が生まれたのを、K教授もわたしも認めた。

論争しているわたしたちに払う注意力がふと停止したり、隣人にいくぶん顔をしかめながら何やら確かめるような素振りをしたり、後ろをチラッと振り返り自分の居場所を確認したほうがいいといった不案内さ。フェスティンガーに言わせると、この現象の後、もう一度、現実にある存在とそれまで維持していた正当と思える考え方の一致・協和を取り戻すために、言い換えれば、認知不協和から生まれる不愉快な感情を取り除くために、振り払うためにそれまでの態度や行動を変化させる動機が生まれる、と。すなわち、態度・行動の変化が起こってくるというのである。

例えば、教科書によく出てくる例だが、喫煙者がタバコを吸っているとしよう。そうすることで気分も落ち着くし、生活や仕事全般を円滑にやっている。そこに、「喫煙はガンになる」という情報が入ってくる。

不安になったり不愉快になって仕事や生活全般に支障をきたすようになると、喫煙をやめ禁煙する行動の変化が生まれる場合もあるし、逆に喫煙を続けるために「喫煙とガンは無関係である」といった新たな情報収集に行動が始まったり、健康で喫煙している人たちを挙げて安心したりし、行動と態度、行動と考え方を一致・協和させようとする。

「ピート君は、どちらが勝ったと思いましたか？　K先生ですか、それともわたしですか？」

「正直にですか？　まったく混乱しました、実を言うと」

「混乱したって？　どちらかが勝ったはずでしょう、違いますか？」

「あの日までは、先生の言うとおりでした。日本が宣戦布告もなしに突然攻撃したわけでしょう。自己防衛のために、ボクたちが反撃するのは当然だし、戦争を早く終わらせ、犠牲を少なくするためにも。両国の犠牲ですよ、ボクが言いたいのは。原爆投下は必要だったと思います。正当化はできないと思うけど、ボクたちは原子爆弾を使わなければならなかったと思います」

「正当化はできないが、使わなければならなかった。うまい英語ですが、原爆を使ったことは正当だったと、どうして言えないのでしょうか？」

「十万人以上の死者って、正当化するには多すぎるでしょう⁉　ずうっと前に勉強した時ですが、ボクたちの兵士は二七〇〇名が殺されました。たくさんとは知っていましたが、十万人以上の死者がほとんどヒロシマの市民だったとは知りませんでした。軍事基地があって多くの日本軍兵士が死んだと思っていましたから、K先生が市民と言うまでは」

それはあんまりだ（too many）、気違い（crazy）じみている、といった声が上がった。

「ドクター・ヤタニ、先生は大分感情的でした。K教授は事実だけを述べていました。もし、あの事実が本当だったら、正当化できないと思います。原爆投下は不必要でした」

ジョシュア君だった。彼もK教授のアメリカ史の教室にいた一人だった。

「十二月七日は、アメリカが被害者でした。四年後の八月六日と九日は、アメリカは加害者になりました。The victims became the victimizers four years later.（四年経って、被害者が加害者となった）。十六世紀から十七世紀のヨーロッパではプロテスタントのキリスト教徒たちはカソリックのキリスト教徒たちの被害者でした。十七世紀後半から十八世紀にかけてアメリカに渡ったプロテスタント教徒たちは、ネイティヴ・アメリカンズ（Native Americans：日本ではインディアンズの呼称）の加害者となりました。点ではなく、歴史の線を見ると、このことがよくわかります。ある行為が正当化できるかどうかは歴史の時間帯でいつの行為について判断するか、も重要な判断基準であると思います」

教室の半分以上は退屈そうだったし、『パーソナリティ』の単元に講義を戻す時に来ていた。

それから一週間もしてからだろうと思い出すが、K教授がわたしの部屋にやって来た。たぶん、論争でどっちが勝ったかという報告だと直感した。

「予想していたとおりでした。多くの学生たち、困惑したらしくて勝敗が決められなかったようです。それでいいんですが……」

「絶対わたしが勝った、と思っていたんですが……」

笑顔で勝利宣言したわたしに、冗談でしょうとばかりにK先生はニヤッと微笑して肩をすくめた。

「大学は、物事を批判的に考えることを培うことが大切ですから、勝敗がなかったことのほうが良かったんじゃないでしょうか」

「物事の批判的な考え方、というのには賛成ですが、わたしは心理学の認知的不協和をあの論争で常に考えていました。専門分野なもんで……」

「わたしの専門分野はアメリカ史ですが、どれぐらいパール・ハーバーに時間を割くか、また同じ時間をヒロシマにも割くかは、小さくない問題と考えます……。アメリカの学校では、引退するまで高校の先生をやっていた経験からすると、たぶんヒロシマには十分の一以下じゃなかったでしょうか、かける時間は」

「論争を準備していた時、同僚のアメリカ史の教授から彼の持っていたトルーマン大統領の声明のCDを借り受け、続けて三回は聴いてみました。ラジオの声明では、ヒロシマの軍事基地に原爆投下とはっきり言っていますが、テレビではその軍事基地の部分がそっくり抜けています。どうしてでしょうか?」

「わたしもそのことは知っていますが、どうしてだかは知りません」

「テレビとラジオと、どちらでの原爆投下声明が先だったんでしょう?」

「ラジオが先でした」

「確かですか？」

「確かです、わたしはアメリカ史が専門分野ですから」

K教授ははっきりと、ラジオでの全国放送が先だった、と言った。

ヒロシマには戦略的な軍事基地はなかった。戦争では軍事基地をまず攻撃するのが常套で、国際法からしても、戦争のルールからしても、市街地を攻撃するのは憚られるのである。軍部諜報部の情報からすれば、戦争を続行する部隊も軍事基地も軍需物資もほとんど破壊され、日本降伏は時間の問題だった、という仮定は限りなく現実性に近い。どうしてトルーマン大統領は、軍需基地のあるヒロシマに原爆投下したと言ったのだろうか。

そして、その三日後、基地があったとはいえ機能してなかったナガサキに、キリスト教の発祥地にキリスト教国のアメリカがなぜ、しかもヒロシマとは違ったプルトニウム主体の原爆を投下したのか、キリスト教の同志社で育てられたわたしには、正当化できぬ関心があった。勝てば官軍（The victory is always right.）だから、勝つためには、手段を選ばぬ戦争の悲劇という悲劇を、アメリカの作家へミングウェイに、同志社時代に教わった。

ひょっとすると、これは日本人であるわたしのまったく仮定で、アメリカ人の仮定ではありえないことだが、アメリカとアメリカ人には、「パール・ハーバー」だけが唯一の原爆投下正当論の根拠ではあるまいか。アメリカの第二次世界大戦に「パール・ハーバー」はあっても、ヒロシマとナガサキはあってはならない。

二七〇〇名のアメリカ軍兵士が殺された事実を強調しても、ピカーッという一瞬で二十万人の普通の市民たちが殺される事実があってはならない。小中高校で、子供たちに何時間も「パール・ハーバー」を勉強させても、ヒロシマ・ナガサキに十分な時間をかけてはならない。

ジャパニーズ・アメリカンの次男とアメリカ人ガールフレンドのグレースは、映画館で『パール・ハーバー』を観ているうちに、自分の両親が日本人であり、ボーイフレンドが半分ジャパニーズである、という認知不協和を突きつけられた。

正しい世界史・アメリカ史の史実に基づき、わたしたち日本人家族のために、そして息子とガールフレンドの楽しいデートのために、ハリウッド映画の『パール・ハーバー』は「ヒロシマ・ナガサキ」で"The End"（幕）にすべきであった。

認知不協和の社会心理学から予測すれば、四億五千万ドル（四五〇億円）の興行収益はとても望めなかったし、映画館は空席が目立ち歓声もまばらで、終わった後の観客の足取りは重く鈍かったはずである。論争の後のプロフェッサー・ヤタニのように……。K教授の足取りもまた、わたしと同じぐらい重かったのではないか。彼にもまた、認知不協和が起こったはずだから。アメリカの高等学校でアメリカ史を三十年も教えてきたアメリカ人の先生が、教室で「パール・ハーバー」（日本の真珠湾攻撃）を何時間も教えた後、「ヒロシマ・ナガサキの原爆投下は不必要で正当化できるものではありませんでした」とは言えまい。

真珠湾攻撃の四、五年前の世界史から見たアメリカ史と、ヒロシマ・ナガサキを含めた戦後の日本史との関係でアメリカ史を説明し、良心と正義感に駆られて日本への原爆投下を批判する先生方や社会科のカリキュラムが存在すると想像するのは、極めて無理だろう。

むしろ、「パール・ハーバー」での、宣戦布告もない日本の卑怯な真珠湾攻撃、同胞のアメリカ人の悲惨な死と膨大な損害を声高に叫び、憤慨したアメリカ軍人たちの自由と平和を求める勇敢な誇り高い反撃で、それがなければアメリカと日本両国のそれぞれ百万人にのぼる新たな犠牲者を救うために戦争を早く終わらせた原爆投下は、日本人教授のアメリカ人学生ピート君に言わせれば、正当化はできないとしても、必要な、やむにやまれぬ、戦争中のアメリカの行為だった。これは、まさしく認知協和であり、まったくの自己矛盾も不快感も、それに伴う態度・行動の変化も要求しない。

わたしとの論争で、たぶん初めて、K先生は三十年間の自分を、アメリカ人としての立場を、変えさせられた。日本人の立場に立たされ、アメリカ史の教室のアメリカ人の学生たちの前で、それまでの立場を一八〇度翻させなければならなかった。認知不協和が起こった、K教授自身にも。アメリカ人の学生たちの前で、アメリカ人らしくない立場を採ったアメリカ人の先生は、アメリカの公式な立場を支持する日本人のわたしの前で、心地良くない、不快で不安な、気詰まりな精神状態を経験せざるを得なかった。K先生も、二人の先生の立場を変えた論争で困惑し、論争の勝敗が定かでなかった多くのアメリカ人学生たちも、これから認知協和に向けて新しい態度・行動の変化が見られることになるだろう。認知不協和から生まれる落ち着きのない、不穏で、不快な感情は、精神健康上良くないのだから。

物事を批判的に捉えることを培うのが大学教育の重要な使命と言ったK教授は、論争の結果の勝敗よりは、論争の過程で批判的なものの見方を培うことのほうを強調したかったのだろう。第二次世界大戦敗北を通して、とりわけ最高学府の大学を批判と良心の砦とした日本人の教育観と共通することに、わたしはこの論敵が好ましく思われた。

どちらが論争に勝ったか負けたかではなく、認知協和に向けた新しい態度・行動が始まるその時に介入する学問の影響力の確かさは今さら言を俟たない。トランスフォーメーション(transformation：幼虫の毛虫が蝶になる変態)の言葉に代表される変化を形成する学問のことを、わたしたち社会科学者の多くはいつも心に抱いている。えこひいきかご都合主義に思われるかもしれないが、その態度・行動の変化について提示したのが、フェスティンガーの「認知不協和理論」である。

スタンフォード大学で社会心理学を教えていたフェスティンガー博士の教え子が、ニューヨーク州立大学で心理学を教えていたデナ・ブラメル博士であり、わたしはブラメル教授の教え子でもある。しかし、アメリカの大学にあって心理学を教える日本人のわたしは、ヒロシマ・ナガサキへの原爆投下論争に、この途方もない課題に、専門の心理学をもてあそんだのではないかという疑心に囚われてもいると白状しなければならない。

第四章　ヒロシマからフクシマへ

「フクシマは今どうなっている？　きのう、フクシマからの瓦礫がオレゴンの海岸に漂着したぞ。チョウイチ、知っているか？」

「太平洋を回流するマグロの寿司は、もう食えんかもしれませんね、ヤタニ先生……」

想定外の地震とそれに伴った想定外の津波の威力で、想定外の原子力発電所の爆発で大惨事が起こり、想定外にも日本人は原爆の被害者から、原発による加害者となった。想定外とはいえ、日本を離れアメリカにあって何もできぬまま、わたしは加害者としての日本と、日本人の一人としての自分を意識するようになった。

この頃、原発大惨事のニュースが日本からだんだん聞こえてこなくなったが、アメリカ人の友人や同僚、学生たちが、心配そうに気遣ってくれる。加害者からの「ニュースがないのは良いニュース」では決してないという加害者に対する不信感があるから、その言葉の裏側に日本人の原発大惨事対策に対するアメリカ人たちの疑心と非難めいたトーンを、いつも、棘のように感じて暮らしている。

想定外にも、加害者の日本人は、日本人の被害者も巻き込んで、加害者と被害者の日本人の両方が一緒になって、日本の外の世界の人々に「想定外」と言い訳しながら、償いと廃炉だけでも何十年何百年とかかる作業をしなければならなくなっている。その気の遠くなりそうな長い間、日本人のヒロシマやナガサキやフクシマの人々を加害者として含めるのか、それとも被害者として日本と日本人としての責任の枠から外すのか、わたしには判断ができそうもない。判断するとしたら、たとえ「教育上での論争」だったとはいえ、アメリカの原爆投下正当論の論陣を張った時の、不安で、何ともいえない不快で嫌な気分に、また襲われるに違いないと確信するから。

チェルノブイリの原子力発電所の大惨事の後始末は何万年もかかりそうだから、マトリョーシカ人形のように、何世代ものロシア人たちが次々と石棺を作り、放射能を封じ込める作業を限りなく続けねばならなくなった。孫の時代にはわずかに記憶があっても、曾孫たちは、なぜ自分たちの父親や母親が作ったマトリョーシカよりもさらに大きなマトリョーシカを作らねばならないのかほとんど知らぬまま、自分たちの子供たちに言い伝える理由もおぼろげでありながら、とてつもなく大きな石棺を作り続けねばならない。

二十世紀後半の米ソ冷戦下の軍備拡大政策の下で起こったチェルノブイリの大惨事は、二十一世紀の終わりを待っても終わらない作業をロシア人たちに強いている。世界一広い国で続けるロシア人たちの終わりのない作業に、米ソ冷戦が終わった二十一世紀の初め、フクシマの原発大惨事で、小さい島国の、その下に火山と地震帯が走り、その上に五十四もの原子力発電所が建つ、美しい国の日本人たちが加わった。

その日本で、二〇二〇年に第三十二回オリンピック競技大会が開かれる。東京に世界がやって来る。フクシマの除染も復興も遅々として進まない時、「放射能漏れは封鎖制御されました」と日本国民と世界の人々に嘘をついた安倍晋三首相の日本は、アルゼンチンの首都ブエノス・アイレスで開かれた一二五回目のオリンピック委員会で、東京開催を勝ち取った。一年前の二〇一三年の九月七日のことである。

日本の首相と彼及び彼の政党・政策を支持する人たちと、オリンピック欲しさに嘘を知らぬ振りした大多数の日本人によって、フクシマが沈黙させられた。心理学者はまた認知不協和に悩まされる。日本は「戦後処理」の過ちをまた繰り返すのではないかと……。

子供たちだけではすまない、孫の、曾孫の、そのまた次の世代までも、取り返しのつかない誤りを繰り返すのではないかと。わたしが十八歳の時、京都の宿で聞こえてきた田中さんと親父の、あの周囲を憚るようなヒソヒソ話が聞こえてくる……。

パール・ハーバー（真珠湾）攻撃で日本が加害者になり、アメリカが被害者になり、ヒロシマ・ナガサキ原爆投下でアメリカが加害者で日本が被害者とする、四年間の太平洋戦争は、実は第二次世界大戦の中での太平洋戦争の誤った歴史観ではないか。

本当は、一九三一年九月の関東軍による奉天侵略にまで遡らねばならないのではないか。それからヒロシマ・ナガサキの原爆投下までの十四年間の日本の戦争を捉えないと、戦争責任が曖昧なものになるだけでなく、安倍首相の嘘までも知らぬ振りをする。誤った歴史観で日本の誤った原発政策をも受け入れてしまうことにならないか。

真珠湾攻撃でアメリカを被害者にし、やがて被害者が復讐にも似たヒロシマ・ナガサキ原爆投下を正当化させる加害者になる。認知協和を受け入れることにならないか。

日本はパール・ハーバー以前の、朝鮮併合、中国・モンゴルの一部への満州国建設から、インドシナ半島までの加害者であったことをきちんと認識し、処理しなければならなかった。復讐にも似たアメリカの東京爆撃から原爆投下と、もっと戦争が長引いておれば、朝鮮の人たちも中国の人たちも、その他インドシナの人たちも、瀕死に近い日本に最後のとどめを刺す大攻撃をしても文句の言える筋合いではなかったではないか（ヒロシマへの原爆投下直後、ソ連の日本への宣戦布告があったことを見れば明らかなこと）。

「戦後処理」をしなかったことで、今日の日本と韓国・朝鮮・中国をめぐる対立・緊張・危機が押し寄せてきていると言わざるを得ない。今日に見える開き直りは、日本人の得意とするところではなかったはずだが……。

戦争と平和の概念、戦後世界構造を決定した原子爆弾が、日本に投下された。それまで人類が戦争で使ってきた最大の破壊力を持つ爆弾ＴＮＴ火薬の二万トンの破壊力はこの世のものとは思えぬ兵器であった。

一九五二年初めてヒロシマを訪れた精神科医、ロバート・ジェイ・リフトン（Robert Jay Lifton）博士は、被爆者たちのインタヴューを経て、その恐ろしさを描いている（*Death in Life: Survivors of Hiroshima,* 1969『生の中の死：ヒロシマの被爆者たち』）。

＊人の死について、ほんとうに無感覚になってしまいました
＊精神の麻痺です
＊もう何にも感じませんから、死なんてものもないんではないか
＊そうなると、自分の周りに積まれた死体も怖くないんですよね
＊ですから、死体に向かって、あたしはあんたの死に責任持ちませんよ、ってね

リフトン精神科医の有名な言葉、サイキック・ナミング（psychic numbing：精神的麻痺）を用いて、被爆者たちは生きてはいるのだが、死人と同じで、生きている人間の正常な機能を失っていた、と語る。

ある被爆者は、原爆を使ったものに対する恨みも、怒りもなく、むしろ本人が何か大それた罪深い行為をなして、その仕返しに天罰が下ったのではないか、またある被爆者はみんなが死んでいくのを輪廻の苦しみだと思ったりしている。

次の六二年の訪日には、家族を伴ってヒロシマに行くのだが、調査の途中、その過酷で、凄まじい、グロテスクな被爆者たちの死と生に耐え切れず、調査をやめたくなる。彼自身がサイキック・ナミングに襲われるわけだが、他方で精神科医としてのプロフェッショナルな感性（理性を超えた）によって、調査を続けた。

そしてそれが、次の反核運動として出版された本 *"Indefensible Weapons: The Political and Psychological Case Against Nuclearism, 1982"*（『防ぎきれない武器：核兵器主義に反対する政治的・心理学的判例』）である。出版は「社会的責任を果たすための心理学者たち」の立ち上げに際してのものだった。それはわたしたち一家がオレゴンからニューヨークへ向けて車を走らせていた夏でもあった。セントラル・パークで反核百万人集会が開かれていた。

ヒロシマ・ナガサキの犠牲を含めた三百万人の犠牲者たちの上に、加害者として被害者としての日本の敗戦と戦後が始まった。加害者と被害者としての日本は、戦争を放棄する世界で唯一の憲法を「受け入れ」、国際紛争の武力による解決と決別し、非核三原則を掲げた。ヒロシマ・ナガサキは世界平和のシンボルとなった。ここまではいい。認知協和として、ほとんどの日本人が認めるところだと思う。

しかし、ここには、真珠湾攻撃とヒロシマ・ナガサキはあっても、それ以前の加害者としてのアジア諸国に対する「戦後処理」の国民の自覚と政治があっただろうか。

核兵器による大惨事・未曾有の大被害の被害者の立場が強調されることによって、加害者としての加害が相殺されることはなかったか。

平和憲法を踏まえて、加害者として被害者のアジア諸国に対する政治・経済・外交・教育の取り組みが積極的になされたか。

それは、なぜアジアの国々に対して侵略・抑圧を行ったかという日本人自身への反省を伴った自問でもあったはずだ。戦後生まれのわたしとわたしたち世代は、わたしたちの両親たちの世代そして祖父母たちの世代に公平であろうとする時、極端なアメリカ志向と反比例とも思えるほどのアジア軽視・無視を感じたのではなかったか。

第二次大戦後、世界に君臨したアメリカの米ソ冷戦下の戦後政策とはいえ、朝鮮戦争、ヴェトナム戦争の過程でますますアジア諸国への敵視政策に加担することとなった。戦後復興と生活の豊かさを目指して、戦勝国アメリカをモデルにアメリカに頼り、アメリカに追いつこうとしたのではないか。結果として、アジアに対する「戦後処理」が疎かになったと言えまいか。

最初の東京オリンピックの一九六四年には、高度経済政策で日本は飛躍的に豊かになり、所得倍増、岩戸景気、神武景気と続き、七〇年代、八〇年代に入ると世界第二の経済大国になっていた。

「クリーンで安く無限のエネルギー」と謳った「核の平和利用」に向けて、一九六一年には最初の東海原子力発電所の建設が始まり、世界第二の経済大国になった頃は、小さな美しく豊かな島国に五十を越える原発が動き始めた。

九〇年代に入り、小さい島国の地価バブルが破裂、実体のない土地価格と日銀の銀行間貸付利子の引き上げから始まった金融政策の失敗で「失われた二十年」を迎えることとなった。この自国経済優先主義は、政治も外交も教育も飲み込んで、原理・原則や道義・節操、礼節や謙虚さといった、それまでは少なからず持っていた日本人の日本人らしさ、国を治め社会を運営し、より良い将来を目指す教育の指針さえも狂わせたのではないか。

「戦後処理」の代わりに、戦前を思わせる憲法の改悪から戦争のできる国作り、ヘイトスピーチをのさばらせる無政策、若者たちの右傾化を進めるような教育政策……日本がまた加害者の国になっていくように感じるのは、日本を離れて遠くにあるわたしの勘違いだろうか。

今年の五月、六人のアメリカ人学生と学生の父親との八人で日本旅行をした。名目は「日本教育・研修旅行二〇一四」で、国際教育を掲げる大学のカリキュラムの一環だった。日本人のわたしと参加者レイチェルの父親リチャードの二人が引率者になり、大阪・京都・長野県の阿南町・東京と二週間近い教育・研修旅行だったが、京都に行く前に広島に寄った。十八歳だった前回のわたしは、岸本和子さん親子のことで大分動揺していてよく見られなかったかもしれない「平和記念資料館」を、今回は体験できた。学生たちと離れてしまって遅く出てきたわたしは急いで追いつこうとしたが、先に出ていた学生たちは資料館の横に設けられていたベンチに座って待っていた、着いたばかりの強行日程と時差も加わり、かなり疲れた様子で。

"Man, it's depressing!"（ちょっとよ～、気が滅入ちゃうよな！）

グループに近づく先生に、一人の学生が呟いた。ケネディ空港を出発する日に、十九歳になったばかりの一番若いタイラーだった。瞬間、しまった、と。先生は最良の環境で教育を実施しなければならない。広島は後でもよかった。京都、阿南町、東京と旅行を楽しんでから広島に来てもよかった。着いたばかりで疲れて、時差もある中、強行スケジュールできょう広島に来ることもなかった。

“But, everybody in the world should come to Hiroshima, I guess…”（でも、世界中の人はみんなヒロシマに来るべきだよなっ、たぶん……）

タイラー君に感謝。

彼と彼らは疲れていたわけではなかったんだ。気が滅入ってうつむいたみんなの頭がわずかにうなずいていた。

アメリカの学生さんたちに感謝しなければならないことがもう一つある。碑文「安らかに眠って下さい　過ちは繰り返しませぬから」の前に立ち止まった時、学生たちはひらがなは読めるが、漢字が読めなかった。

当然にも、先生に訳してくれと頼まれた。日本語の碑文を英語に訳さなければならなくなった。英語は主語がはっきりするし、しなければならない。日本語のように主語の曖昧さを許さないのは、英語のクラスを取った日本人はみんな知っている。ということは、義務教育で小学生でも英語のある日本だから、小学校へ行ったことのある日本人はみな知っている。

先生は碑文を文字どおり訳した。

“Please rest in peace, for we shall not repeat the error.”（安らかに眠って下さい　わたしたちは過ちを繰り返しませぬから）

Weと主語を訳して入れてしまった。

アメリカに長く住みすぎた日本人の、深い考えもない、極めて当然な、日常の訳だったが、訳してしまってから、気がついた。かつてWe（わたしたち日本人）かThey（彼らアメリカ人）かの大論争があったことを。

過ちを犯したのは果たして日本人か、アメリカ人か？ 先生の"We"という訳に、誰も疑問がなく、問い詰めもしなかった。

一九五二年、被爆戦死者の記念碑を建てるにあたって作られた碑文には、わたしたち・彼らの主語を曖昧にすることによって、意図的に政治責任を曖昧にした。戦争責任者としての日本人そしてその当時の頂点である天皇、また原爆投下で「ヒロシマとナガサキのみならず人類に対して犯した過ちと罪」の責任者アメリカ人と彼らの代表大統領を糾弾することを避けた。

たぶん、主語を除くことで、敗者は勝者を糾弾することを避け、同時に敗者側の被爆者たちを戦争責任の加害者にせぬようにと（?）、日本人はここまで思いやり深い、おもてなしの上手な人々だったかもしれない（それは今日のフクシマ原発大災害でも当てはまるのではないか）。

後になってわかるのだが、一九八三年十一月、碑文を書いた広島大学英文科教授、故雑賀忠義先生が自ら英文に訳した碑文を加えたとある。

"Let all the souls here rest in peace for we shall not repeat the evil."
雑賀先生は、"We"（わたしたち）を"all humanity"（人類すべて）、日本人でもアメリカ人でもなく、全世界の人々とし、"error"（過ち）は、the "evil of war"（戦争の邪悪）を意味しているとした。

わたしがアメリカに渡ってから六年も経って、広島に最初に行った十八歳の時から十七年も経ってからのことだから、事情を知らずに、We（わたしたち）と言ってしまったが、学生たちは日本人の We と理解したのか、全世界の人々を意味する人類全体の We と理解したかは定かではない。

それにしても、雑賀先生の英文訳が、どうして六〇年代、七〇年代に出てこなかったのだろうか⁉ 経済主導主義に走り始めた日本と日本人にとって、この英文訳は遅すぎたのではなかったか。この We ／わたしたちをも含めた世界の人々を主語にすることによって、経済主導主義はいくぶんでも弱められたのではないか。アジア人に対する戦後処理が政治や外交、教育に生かされたのではないか。

オリンピック騒ぎで、フクシマが沈黙させられることもいくぶんなりとも防がれたのではないか。それにしても、平気で嘘をつく首相、彼と彼の政党・政策の戦前返りを支持する国民の多くに、アメリカ人のタイラー君を会わせたいものだ。

遅すぎたかもしれない、しかし主語のあるヒロシマ平和記念碑文を改めて体験する行動が、認知不協和から生まれるかもしれないと思う。

第五章
アメリカの日本人心理学者

9・11はアメリカを変えた。たぶんそれは世界を変えたかもしれない。

3・11は日本を変えた、とわたしは思う。たぶんそれは日本のみならず世界を変えさせねばならなくさせた、とわたしは思う。

きっと新世紀の初めの出来事は、その後のアメリカと日本を予言させるかのような大事件であった。良い結果を生むか悪い結果となるかは、他でもないわたしたちの行為に委ねられなければならないだろうから、最優先的に取り組まなければならないと認識したい。

9・11でアメリカは被害者となったが、それから数年でアメリカは加害者となった。七〇年前のパール・ハーバーからヒロシマ・ナガサキへ至ったように、まだ原子爆弾は使われていないが、アメリカ人以外に日本人も他の国々の人々も含む三千人近い犠牲者の加害者を罰するために、たぶん百万人に近いアフガニスタン、イラクの人々が殺され負傷させられた。

その死者たちの数倍もの人々が生まれ生活してきた国を離れなければならなくなった、まるで古いヨーロッパから自由を求めて逃げ出さなければならなかった新教徒たちのように。アメリカに渡った新教徒たちはまるで天国のような国を創ろうとした。神様がいた。

不謹慎な言い方が許されるものなら、神様をヨーロッパから連れてきた。そこには、逃げてきた古い大陸の国々にはいたはずのあらゆる敵も悪魔もいなかった、何十万年も狩りをしたり自然の食物を採って暮らしていたそもそものアメリカ人たち以外は。しかも、天国か天国に近いような理想の国を創る、限りない広さとまったく無料、ただの豊かな土地と、獲り尽せぬ資源があり、理想の国を建てる過程で、元々のアメリカ人は消され去っていた。

アフガニスタン、イラクを逃れた人々にはそのような土地も希望も見つかりそうもない。アメリカの神様と東アジア・中近東の神様はどうも違うらしい。どちらが正当な神様かは論争がいるけれど。

日本の原発はフクシマの日本人を被害者にしたのみならず、日本全体と世界を被害者にする加害者の役割を果たしかねない危険な領域に入った、と思う。加害者と被害者の両方の顔を持つ日本は、アジアと日本国内での戦後処理を怠ったことにより、ヒロシマ・ナガサキとオキナワの被害者たちの永遠の誓いと願いを反故にしかねないのみならず、朝鮮半島から中国・インドシナ半島までの至るところで過ちを繰り返しそうになっている。
戦前返りのような政府と政策それを積極的に支持する人々と、アメリカのやむところを知らぬ数々の戦争の特需も手伝って戦後復興した豊かさをなくす恐怖に駆られ、過ちを繰り返しかねない政策を見て見ぬ振りをする日本中心主義の人々たち、世界経済の旗頭を担う役割を担ぎながら、世界平和の役割を果たすヒロシマ・ナガサキの普遍性を担う行動に移せない、平和を願う世界の人々の願いに耳を傾けぬ狭い島国的視点、海外にいる少なくない日本人がハラハラしながら暮らしてきたのである。

アメリカで日本人が心理学を教える仕事をする、というのはこういう情況にあってでのことである。本書の冒頭に、日本人誰しもアメリカの大学教授になりたがるのではないか、と書いたがあれは本音である。

9・11の前までは、米ソ冷戦後が十年以上も続いて、冷戦に勝ったアメリカは世界の模範的な国として仰がれた。異論があろうが、世界中のお金がアメリカに流れて、ヴェトナム戦争後、初めて国際収支が黒字になったぐらいである。黒字は十年も続かなかったが。

安定して金回りのいい国に、正直にも金が集まる。その少し前までの日本も、敗戦国日本の戦後復興はめざましく、たぶん、経済に関してはアメリカより崇められ、日本型経営方式がアメリカ型経営方式より優れているとアメリカ人たちの学者から模範視された。ある学者など、冷戦に敗北したソ連ではなく、日本こそ社会主義の国である、と言ったくらいだから。狭い資源のない島国が世界第二の経済大国になった成功は、天然資源の豊富さやテクノロジーの発達ではなく、教育の行き渡った勤勉な国民という人的資本（human capital）の豊富さが秘訣で、その典型が、何も資源はないが人口だけは多い日本の「東洋の神秘」だった。

当時のアメリカ心理学会の会長は、プロテスタントの労働倫理はもはやアメリカにはなく、日本人が持っていると、年次学会で演説している。労使協調と労使給与の差が少ないことで、資本主義の国にあって社会主義的な人間尊重の経済体制として、アメリカのリベラル（左翼的な）学者からも支持された。その点では、戦争に負けて良かったかもしれない、と言う少なくない人々もいた。

勤勉で教育熱心、他人に気を配る日本人は、ヒロシマ・ナガサキも含めて、戦没者たちの犠牲を決して忘れることなく、一時は憲法で、教育で、経済で、おしなべて平和・平等・品格・謙虚・勤勉さを備えていたではないかと、日本人の肩を持ちたい。この時が、戦後処理のチャンスだったかもしれなかったのだが。

その日米の八〇年代、わたしはアメリカに在って、二兎を追う心理学者の卵の学究生活をしていた。

アメリカの個人主義は、資本主義のイデオロギーを反映する経済上の自己営利・エゴイズム型と、それとはまったく相関関係のないもう一つの、心理学的には自己発展・自己実現的とも呼べる、個人の特性を重要視する個人主義があること。後者の強い個人主義のアメリカ人は、協調主義の日本型経営と相反せず、むしろ受け入れ態度があることを実証し、それによってアメリカの大学の教壇に立つ最低限の資格としての博士号を得た。同時に追いかけていた「兎」は、日本人としての敗戦・戦後の原点とも呼ぶべき反核態度と反核運動に他ならなかった。

個人主義研究は受け入れられたが、反核運動は二つの相反するアメリカの狭間で、大学の教壇に立てないような危機に落とし込まれた。六千万人以上が殺された人類史上最悪の悲劇第二次世界大戦後、ふたたび戦争を始める政府とそれに反対する人々の対立の中であった。

自由の国アメリカに自由はなかった。自由はあっただろうが、それは国家・政府に異議を唱えない限りにおいての自由であり、不自由な自由であった。

しかし、四十四日間アメリカ連邦拘置所に拘留され、家族とも大学の仕事からも切り離され国外追放の瀬戸際で、「アメリカに好ましくない外国人」としてブラック・リストに載せられていたわたしをアメリカに連れ戻したのはアメリカ人たちであった（前掲『アメリカを訴えた日本人』）。

日本人のわたしを助けてくれたアメリカ人たちは、そのことによってアメリカが世界に掲げる自由と民主主義を取り戻そうとしただろうし、かつ、それによってアメリカの国内の闘いが実は世界的な普遍性を持っていることをも示すこととなった。しかし、それは9・11の前である。

9・11はアメリカを変えた。被害者の国は、アフガニスタン・イラク戦争を経て加害者になった。

二〇〇三年十月以来今日まで、ギャロップの国際意見調査によれば、アメリカは世界平和にとって最大の脅威となった。ノーベル平和賞をもらったオバマが大統領のアメリカさえも世界最大の脅威として世界世論は見ている。

この最新の二〇一四年のウイン・ギャロップ調査（WIN/Gallup, Jan. 2014）でも、六十六ヶ国の二四％がアメリカを世界平和最大の脅威とし、次が八％のパキスタン、六％の中国、そして同率四％のアフガニスタン、イラン、北朝鮮と続くが、アメリカがダントツなのは十年来変化はない。

心理学者から見て、さらに興味深いのは、わたしの学生たちも一般のアメリカ人たちも、その世界の目をまったく知らないということである。アメリカ人にとって、世界平和の脅威はいつも外にあり、政府も自分たちも、世界平和のためにいつも外の敵と戦っていると思っている。

アメリカ人の中に世界の人々と同じく自分たちの国が、世界平和に脅威の国だと思っている人々もいないわけではない。二〇一三年のウイン・ギャロップ調査によると、一三%のアメリカ人が自分たちのアメリカ合衆国を世界平和の最大の脅威と見なしているが、数字は怖いほど低い。その低い数字の国の大学で心理学を教えてきた。

心理学助教授から准教授、十年前の五月に心理学教授に昇格した。そのことでどれだけ安全になったかは定かではない。二十数年前の留学生の身分と比較すれば、社会的な力がいくぶん増えたかもしれない。

そのいくぶん増えた力が、アメリカ政府のブラック・リストとどのように拮抗するか、見届けるにはもう少し時間がかかるだろうか。そしてその間、「カナダの首相」にはなれそうもないから、だからといって死んでしまっては何にもならない。首相とか死ぬとか、大袈裟な言辞は極力避けなければならないのだが、9・11後の狂気じみた二つの戦争と、「恐怖に対する戦い」（War on Terror）を旗印にイラン、シリア、イエメンその他の国々に対する干渉を見れば、トンネルの先の明るさを期待せずにはおれない。しかもこの数年の間に、ブラック・リスト抹消訴訟に関わりのある四人の友人・恩師を彼らの死によって失ってしまった。

一九六〇年代後半の京都同志社大学にあって、あの当時の反戦平和運動を共にした藤本敏夫はガンで。加藤登紀子さんが『生きてりゃいいさ』と歌う時、わたしは今でも彼女を直視できないでいる……。

アメリカ連邦拘置所のわたしを救い出してくれた過程で、「ヤタニ・ケース」を通してブラック・リストに載せられた三十五万人もの「アメリカに好ましくない外国人たち」のために奮闘した、人権擁護委員会（Lawyers for Human Rights）の弁護士アーサー・C・ヘルトンは、アメリカのイラク侵略戦争の初めに、バグダッドの国連ビル爆破で殺された。

彼の政治力で、わたしをアメリカ合衆国議会の証言台に立たせ、ブラック・リスト告発の機会を与えてくれたダニエル・P・モイナハン上院議員（ニューヨーク）は、彼自身が選んだ後継者のヒラリー・R・クリントンの大統領選挙の結果を見届けることなく逝ってしまった。

オランダの国際政治心理学会に際して学会費用を募ってくれ、わたしが連邦拘置所からストーニー・ブルック大学に戻った時、滞っていた救援費用の一部も面倒見てくれたジョン・H・マーバーガー学長は、それからジョージ・W・ブッシュ大統領の直下、「アメリカ原子力政策委員会」の委員長になってホワイト・ハウス勤めになるのだが、彼もまたガンで倒れた。

日本で生まれ日本で育てられたが、アメリカ生活のほうが日本のそれより長くなってしまった。生まれた二人の子供もアメリカでの出産誕生であったから、アメリカ生活中心で日本とはほとんど交信がなかった。

たまにメールがあった時は、友人たちの悲しい知らせで、その都度弔文を送ることとなった。ちょっとしたきっかけで、同志社大学で鶴見俊輔先生のゼミにいらした高橋幸子さんが編集長を務める『はなかみ通信』に寄稿させてもらえる機会が来たのだが、高橋編集長もわたしの原稿係となられた山内邦子さんも、しょっちゅう書かれてある弔文にびっくりしたのではないか。

わたしにとっては、弔文を通して彼らがわたしに与えた「不正に対する断固としたノン」と奨励をいつも思い出させた。長すぎて『はなかみ通信』には入りきれない藤本敏夫さんに送った弔文をここに記す。

藤本敏夫さん逝去（二〇〇二年七月三十一日）にあたって

藤本敏夫大兄

貴兄が肺炎を併発、十九時間も闘っている間、僕は山で土に鍬を打ち下ろしておりました。ある患者は生きているのが嫌になるほどとことん体力も気力も消耗させるといわれるあの放射線治療の中、貴兄は「秋はニューヨークや」と言って周囲がびっくりするほど元気な様子を見せていました。そんな意気込みが地球の反対側にも伝わってき、五月中旬、大学が終わるとすぐ僕は貴兄を迎える準備にかかりました。

ニューヨークの北の町アルフレッドに訪れるその日のためにと、購入した山に手を入れ始めたわけです。今年の正月、貴兄の母上、登紀子さん、田中正治さんらと鍋をつつきながら鴨川で話をしたあの山にです。

雑木林だけの土地ですが、あっちこっちに湧き水があって、ちいさな湿地帯も出来ていた山に、ローカルの業者ジェリー・グリーソンさんに頼んでその一ヶ所に池を掘ってもらいました。一番深いところで四、五メートルぐらいはある約五〇〇坪ほどの池です。

やむを得ず（?）とはいえ、大小含めて一〇〇本以上の木を切らなければならなかったのは辛かった。延べ十日間ほどかかって出来た池は、周囲を赤松や楓やブラック・チェリーが囲んでいます（六〇年代後半、ブルー・なんとかといったグループが歌っていた〝森と泉にかこまれた……〟あの曲に遠くない景観と言ったら、貴兄は笑ったでしょう）。

池が出来たのが七月二十九日の夕方。翌日は一日中、倒された木々のいくつかを電気鋸で切り、池に入る小川の上に素朴な丸太の橋を作りました。その夜、熱もないのになぜかものすごい頭痛で深夜目を覚ましなかなか寝つけずにおりましたが、まさかその時、敏夫さんが肺炎と激しく闘っていたとは（!）。

そのようなことは夢にも思わず、ズキズキする頭を抱えて、しかし僕はあくる朝も山に入りました。頭痛で力が出せませんでしたが、炎天下で黙々と鍬を打ち下ろし、昼飯を食いに家に帰ってすぐ、貴兄の、僕の一生で一番悲しい電話をもらったのです……。

それから大原夏子さん、志賀茂さん、堀清明さん、田中正治さん、田渕正孝さん、僕の親父、名古屋の親戚、仙台の三浦俊治・るみ子さん、多くの先輩・友人から続々とメールや電話が外国のこの小さな片田舎にひっきりなしに送られてきました。日本全体がどうにかなってしまったかのようでした。

アメリカのこの田舎で暮らす僕の中で、あの〝六〇年代〟が走馬灯のように駆け巡り、そして音を立てて崩れ始めました。奈那子と僕は押しとどめることができず声を上げて泣きました。そばで「捨て犬収容所」から引き取ったばかりの四ヶ月の子犬がびっくりしていたと、奈那子より後で聞きました。

じっとしておれず、僕はやはり毎日山に入り、木を切り、鍬を打ち、ブルー・ベリーの苗木を植え、掘った池の隣のもう一つの小さな池に〝化粧〟をほどこし見かけよくし……、山にいる限りはなおも、僕は自分の背後にずっと敏夫さんの存在を感じることができたからです。

友人のメールでは、登紀子さんが「……彼が必死の想いで残した未来への夢を受け継ぎ、やり遂げたいと思います……」とコメントを発表したとありました。僕にとっては、この〝山を創り上げる〟ことも、その一つになるでしょうか。

一九六〇年代以来藤本敏夫が必死の想いで追い続けた「未来への夢」を、僕は今再び考えています。……一九七七年日本を出てアメリカに渡った僕は、二十五年間も故国を留守にしてしまいましたが、この間も、「資本主義の不均衡発展と帝国主義の市場分割・再編」は続けられ、冷戦以後、唯一スーパーパワーとなった「アメリカ帝国主義」は本当に我物顔で世界を闊歩しております。

とりわけ、あの「9・11」以降はそうです。アフガニスタンに落とされた近代文明最先端の兵器を見てください。イラクに対する脅しを見てください。〝年取った僕たち〟がまた何とかしなくちゃならない、と感じられる時が来ていました。

昨年十月十八日にもらったメールで、七月下旬五八四グラムも肝臓を切り取られた貴兄は、「僕のことはともかく、アメリカのことが気になります。これはやはり、近代文明と資本主義市場経済の大きな転換期であることのメッセージなのでしょう。お目にかかれることがあれば、ゆっくり意見交換したいですね」と言って、危機感を募らせていました。

山を開きながら、〝9・11〟と〝未来への夢〟を語ろうと、僕はずうっと敏夫さんを待っておりました。僕の失望は、タフな貴兄をも奪い去った手強いガンに対する憎しみをもってしても到底償えない、深い悲しみを伴ったものでした。

敏夫さんと僕の三十年以上にわたる関係は、少なからざる人たちがそうであったように、藤本敏夫と会うたびごとに僕にとてつもない変化が起きた関係でした。

日本の歴史上長い間流人の島であった日本海の孤島隠岐の島から、親の期待と〝立身出世〟(?)を夢見て、はるばる京都の同志社に出てきた僕を最初に〝オルグ〟したのが貴兄でした。ところが、マルクスもレーニンの話もいっさいなく、新島襄と島崎藤村の話で何時間もが過ぎ、当時の活動家がする〝オルグ〟とはまったく無縁のようだったのです。

六歳にして貴兄から牛レバーの料理を習った僕の次男、宇意がそうであったように、〝オルグ〟のあった此春寮で十八歳の僕は敏夫さんの〝ダシ〟になりました（"I'm a Fujimoto-san's dashi" と次男はしょっちゅう自慢しておりましたよ、「弟子」が〝ダシ〟に聞こえたようですが）。

たぶんそれもあって、僕は活動家らしからぬ活動家になったようです。自治会選挙の三名連記用紙の多くに、赤ヘルの僕と日本共産党「民主青年同盟」の女性活動家が連記されたりして、他の活動家の手前随分恥ずかしい想いをしたことが何度かありましたが、あれもまた責任の一端は貴兄にあったのではないでしょうか。

マルクスやレーニンよりブレヒトや石川啄木が僕のアジテーションに多かったのは、僕に「党派性」がなかったのではなく、あるいはそれを超えていたか（!?）、たぶんあの最初の出会いに原因があったとも思うのです。

三回生で同志社の「学友会中央委員長」にまでなり、生まれてから二十年間歩いてきた道を極端に外れ、よって親の期待と当初の進学目的を裏切り、僕はだんだんと階級・階層の中での自分の場所を位置づけてきたように思います。

それはマルクスの理論でしたが、僕は英文科に籍を置きながら社会学専攻みたいな感じで六〇年代後半を生きたようです。貴兄の、〝いわゆる学生・知識人の先駆性〟論に鼓舞され、その層の限界を言われ続けながら、しかし〝今出川キャンパス、河原町通り、円山公園、そして東京の中心部〟をひた走りに走り続けました。〝ヴェトナム人民と連帯し、日米の学生・青年労働者と反戦の輪を広げ〟、まだ見ぬ〝未来〟に希望を託しながら……。

この間、「京都府学連委員長」となりつつも活動の場が立命館に移った敏夫さんとはほとんど言葉を交わすことがありませんでしたが、御堂筋の「占拠」を契機に、僕は立命館に移され、そして敏夫さんを追うように僕もまた「京都府学連委員長」になりました。

その時、貴兄はもう京都にはなく、東京に活動の場を移していたのです、「全学連委員長」として。それからは、いわゆる〝中央権力闘争〟のスローガンの下、貴兄は「防衛庁まで突入」する一方、赤ヘルはいわゆる〝党内闘争〟をくりひろげ……、北朝鮮へのハイジャック、浅間山荘銃撃戦、連合赤軍リンチ……と、しかしながら僕たちは意図していなかったとはいえ多くの友人・活動家を失いました。京都大学の山田孝さん、親友の望月丈史君……、僕にとって「未来への希望」がどんどん光を失っていった時でもありました。

京都を離れ一時僕は隠岐の島に戻りました。浜辺から遠く本土の島陰を眺めながら、魚を釣ったり山を歩きながら帰省の日々を過ごしたものです（千年近く前、隠岐に流された後鳥羽上皇や後醍醐天皇が遠く〝本土〟を眺めながら何を想ったか、想像する時の僕は英文科の自分に帰っており、社会学的発想からは遠ざかっていたのでしょう）。「御堂筋占拠」の裁判をかかえる身、島に長くはおれず、大阪に出て、食うのが精一杯の生活を〝シコシコ〟やり出しました、〝未来〟など考えることもせずに。

それから貴兄に再会するまで十七年かかりました。

ひょっとしたらすれ違って、結局会えなかったかもしれない、危ういニューヨークのペン・ステイションでの再会を、僕は今でも鮮明に憶えております。大都会のマンハッタンの駅の構内で三十数分も待って、諦めて帰ろうとしたとたん、貴兄は向かい側の地下鉄のごったがえす出口の人混みの中から突然現れました。

十七年振りに、しかも見知らぬ他国で会おうなんていうのは見失って当然、とも思えるほどそれはまったくの偶然の再会でした。偶然というのは、本当に〝神意の別名〟ですよね。貴兄は、ちっとも変わっておらなかった。

後になってわかるのですが、「大地の会」から「自然王国」に至り、ゲバ棒は鍬に替わっておったそうですが、想像力の翼は相変わらず空高く舞っていました。「矢谷はどうや?」ということで、つい最近に起こった事件を車のハンドルをとりながらグチめいて話し出しました。

「お前、それ本に書け。俺が出版してやる」

本に書けと言われても、何をどこから書き始めるのかさっぱり見当もつかないうちに、「題名は『アメリカを困らせた日本人』でいけッ」と言う。どうも貴兄の頭の中ではすでに本が出来上がっているような様子でしたが、貴兄の友人・福田守穂さんの助けで僕がそれを『アメリカを訴えた日本人』として一九九二年に本にするまでには一年半もかかったのです。

十七年の長い〝空白〟の後のほんの小一時間、貴兄と再会して本が生まれる、これもまた、〝藤本敏夫に触れると必ず起こるとてつもない変化〟の一つと言っていいでしょう。

再会のお陰で一冊の本が生まれ、その本のお陰で十五年ぶりに初めて日本に戻ることができ、その本とこの一時帰国のお陰で僕にはまた日本との〝接点〟が生まれました。ちょうどその時、敏夫さんは「参議院議員選挙」に立候補していました。他人に変化をもたらせるだけではなく、貴兄自身が常に変化を求めていたのでしょう。

六〇年代後半京都から東京に上ったように、地方の鴨川から中央・東京の政治の舞台に上がる軌跡は政治運動の常でしょうか、その点でも、僕は敏夫さんのいい〝ダシ〟の一人であったと自負しております。本に書いた僕の事件は、移民としてのアメリカ人の良心的な部分と僕たち六〇年代同世代のアメリカ人を巻き込み、小さな一日本人がニューヨークの拘置所からワシントンDCの議会の公聴会に立ち、僅かながらアメリカ政府を揺さぶり、冷戦の真っ只中で三十七年間続いたマッカーシズムの残りかす「外国人入国移民法」を変えてしまった事件でしたから。

当時の「統一戦線」論からすれば、敏夫さんと僕は、十五年以上「別個に進んで、一緒に撃つ」という、まさしく藤本流の理論を、太平洋を隔てた日米にあって実践していたわけです。違いといえば、貴兄は目的意識的（これもまたあの当時のアジテーションによく使われた言葉でした）にそれを選択し、僕は追いつめられ逃げ場のないネズミが猫を噛むようにしてDCのキャピタル・ヒルに立たなければなりませんでした。

勝つ見込みもなく、返り討ちに遭うかもしれずにです……。参議院議員選挙には勝てませんでしたが、敏夫さんの農業、というよりも自然と人間社会全体に対する理念と〝実績〟から、貴兄は農林省の農業開発に関する関東地方の審議会の顧問となったニュースが届いたのは、僕がニューヨークの北の山奥の小さな大学町に移って四〜五年が経った頃でした。官僚機構ながら、国家行政組織の一部に〝根拠地〟が出来たといえば、あの当時の事大主義の残滓と一笑されそうですね。

しかし、少なくとも行政の一部に参画されたということは、〝アウトサイダー〟が〝インサイダー〟として活動を認められたということに他ならないわけで、「両刃の剣」になられた貴兄のニュースを僕は嬉々として歓迎していました。

組織上のマグニチュード（重要性）からすれば貴兄の影響力には比べようもありませんでしたが、広大なアメリカの中のニューヨーク州、いくつもあるその州立大学キャンパスの一角で教鞭を執る僕もまた、危なっかしい〝アウトサイダー・インサイダー〟の位置にあって、見果てぬ〝未来への夢〟を想い続けていたのです。日本から遠くにあって、敏夫さんの生きざまは、そんな僕には一つの〝光〟でした……。

〝9・11〟以来、暗くなりつつある世界がより多くの〝光〟を求めている時、貴兄は逝ってしまった、それが僕には悔しくてなりません。

悲しい、というのはあまりにもありきたりで、貴兄のそれにはとてもそぐわない、僕には世界が一段と〝闇〟に包まれてしまったように感じるのだから。時間が時には解決してくれるかもしれないといった悲しみよりもっと悲惨で、歴史に対する裏切りのように埋め合わせのできない永遠の喪失に僕は打ちひしがれてしまいました……。

八月十八日の貴兄との〝お別れ会〟をメールで知らされながらも、そちらに行けなかった僕はこの追悼文を書き始めました。しかし、とても書ききれず、そのうちにアルフレッドの短い秋が終わり十一月の初めには例年より一ヶ月も早い雪が降り始め、何もかもが真っ白に埋め尽くされてしまいました。

今、十二月三十一日の朝、誰もいない大学のオフィスに一人来て、〝明日〟から始まる二〇〇三年を、〝藤本敏夫のいない年〟を想いやっています。それはまた、アメリカがイラクに対する戦争を着々と進めている年の始まりでもあります。

「地球が明日滅びようとも、君はきょうも、林檎の木を植える」と言ったのは、ヴェトナム反戦を共にした、今は亡き開高健だったろうか。

雪が溶けたら、貴兄の来訪を待ちわびながら耕したあの山に、僕はまず最初に林檎の木を植えようと思います。

それから、貴兄には及びようもないが〝未来〟に対する〝光〟を以前にもまして発する努力を怠るまい。

合掌

あとがき

隠岐の島から出てきて京都の同志社大学に入ったが、卒業はしなかった。卒業できただろうが、諸般の事情でしなかった。入学した翌年から、ヴェトナム戦争がドンドン激しくなり、直接的にも間接的にも日本がどんどん戦争加担し始めたから、大学の勉強どころではなかった。アメリカの反戦運動と連帯しアメリカ政府に抗議しつつ、それに加担する自分たちの日本政府にも抗議が加速した。満州事件からパール・ハーバーへ、そしてヒロシマ・ナガサキへの原爆投下と敗戦、三百万の犠牲の上に戦後二十年も経たないのにほとんど戦争責任も戦後処理もきちんと取ることなく、日本政府と経済至上主義の多くの人々に、直接的に間接的に反戦平和運動は潰されていった。追いつめられた若者たちは、一方でますます過激化し内部分裂し、他方で自己否定から大学解体へと突き進んだ。要領の悪い田舎者は、責任も感じ、卒業するわけにはいかなかった。

政治運動が瓦解し高度成長経済を邁進する学歴社会の日本に在って、食うための仕事に従事していても、それはあたかも、江戸末期の一部の下級藩士や下々の人々の倅たち・娘たちのような境遇に似て、日々生活はあっても将来に対する晴れ晴れしさのない重苦しい雰囲気の毎日であったような気がする。学生時代から潜伏していたかもしれない時代遅れの病気、結核と腎臓病に侵され一年半近くも入院する羽目にもなった。

アメリカに渡って日本に戻って来たら、大学は解体されずに残っていた。アメリカに来て三十七年も経ったこの十一月、入学したが卒業してない大学で「講演会」に招待される光栄に恵まれた。講師紹介・宣伝に際して、あれ以来日本での出版物がありますか、と訊かれて一瞬日本人の自分に帰った。「あれ」とは『アメリカを訴えた日本人』のことに違いなかった。大学当局に毎年提出しなければならない教授としての「業績」の一部を挙げても、一番下の一九九二年の「あれ」以来、日本での「業績」はまったくのゼロだった。

Yatani, C. (2014). After the fiftieth anniversary march on Washington: The politics of diversity reconsidered. Paper presented at the 14th International Conference of Diversity in Organizations, Communities and Nations, Vienna University, Vienna, Austria, July 9-11.

Yatani, C. (2013). "Kafkaesque": The Peace Psychology from Hiroshima to New York to Prague. Paper presented at The 8th International Conference on Interdisciplinary Social Sciences Charles University, Prague, Czech Republic, July 30-August 1.

Yatani, C. (2012a). The Politics of Diversity: No racism, No Sexism and No Enemy in the Post

9/11 America. Paper presented at the Twelfth International Conference on Diversity in Organizations, Communities and Nations, The University of British Columbia, Vancouver, Canada, June 11-13.

Yatani, C. (2012b). The enemy manufactured: Nationalism, religious fundamentalism and nuclear weapons. Paper presented at the Oxford Round Table, Oxford University, England, March 11-15.

Yatani, C. (2010). Human Development in the Digital Society: Information Technology and Santa's Dream. Paper presented at The 6th International Conference on Technology, Knowledge and Society, Free University Berlin, Germany, January 15-17, 2010

Yatani, C. (2009a). With us or against us: American images of the enemy. In K. Alexander (Ed.), *Terrorism and global insecurity: A multidisciplinary perspective* (pp. 137-147). New York: Linton Atlantic Books, Ltd.

Yatani, C. (2009b). No racism, no sexism and no enemy in the 2008 American presidential race: Psychology in a social context. Paper presented at the 4th International Conference on Interdisciplinary Social Sciences, The University of Athens, Greece, July 8-11.

Yatani, C. (2009c). Humanizing science and technology or alienating the learners: The paradox of

Sociology 5213-Science, Technology & Society. Paper presented at the 16th International Conference on Learning, The University of Barcelona, Spain, July 1-4.

Yatani, C. (2008). With us or against us: American images of the enemy. Paper presented at the 20th anniversary of Oxford Round Table Oxford University, England, March 16-21.

Yatani, C. (2006). Transforming personal knowledge into common knowledge: A case study of Collaborative work between an American and Japanese organization. Paper presented at The 6th International Conference on Knowledge, Culture and Change in Organizations, Prato, Italy, July 11-14.

Yatani, C. (2004). From Pearl Harbor to 9/11: A Japanese Teacher in America. Paper presented at the 112th annual convention of the American Psychological Association, Honolulu, Hawaii, July 28-Aug. 1.

Yatani, C. (2003). After twenty years: The new "Evils" and the old America. Symposium at the 20th anniversary of 20th Anniversary Conference of Psychologists for Social Responsibility (PsySR), University of District of Columbia, Washington DC, March 28-30.

Yatani, C. (1999). Challenging the Cold War in America. Paper presented at the 22nd annual scientific meeting of International Society of Political Psychology, Amsterdam, The

Netherlands, July 18-21.

Yatani, C. (1996). Anti-Immigrant movements in the 1990s: A new perspective in the Post Cold War. Paper presented at the 104th annual conference of American Psychological Association, Toronto, Canada, August 9-13.

Yatani, C. & Kowalewski, D. (1996). Japanese media personnel: An attitudinal survey. Paper presented at the 41st International Conference of Eastern Studies, Tokyo, Japan, May 10-11.

Yatani, C. (1995). Competition vs. cooperation: Can academia meet a societal need? J*ournal of College Consortium of the Finger Lakes*, Vol. 16, 24-28.

Yatani, C. (1994). School performance of AsianAmerican and Asian children: Myth and fact. In E. Tobach & B. Rosoff (Eds.), *Challenging Racism & Sexism: Alternatives to Genetic Explanation*, 295-308. New York: The Feminist Press. (The Book was named an Outstanding Book on the Subject of Human Rights in North America by The Gustavus Myers Center for the Study of Human Rights in North America, December 10, 1996)

Yatani, C. (1992). 『アメリカを訴えた日本人』 [*Amerika wo uttaeta nihonjin* (A Japanese who Sued the United States. Tokyo: The Mainichi Shimbun Press]. 毎日新聞社。

この原稿の出版が十一月九日の講演会当日に間に合うように、と執筆を激励してくれた多くの人たち、とりわけ講演会実行委員会の堀清明さんと実行委員会のすべての皆様に感謝しなければならない。四十年も姿をくらませていたわたしを「母校」に連れ戻してくれたわけで、期待に応えるべく責任の重大さを感じつつ、お礼を申し上げる次第です。

多忙なお仕事の最中、編集・出版を引き受けていただいた松岡利康さんには感謝のしようもない。そもそも、一度しか会ったことのなかった松岡さんに、支援と激励のメールを送り出版の約束をしてから九年も経って、メール以外に何ら支援もできぬまま、わたし自身がお返しのできぬ支援を受けることになった。あれは、二〇〇五年夏、出版社・鹿砦社社長の松岡さんが逮捕された時のこと、わたしは次のような一文を送った——。

七月二十一日「鹿砦社」の編集者・中川志大さんからE・メールが届き、社長の松岡利康さんが「名誉毀損容疑」で十二日に逮捕されたという。日本とアメリカが離れているとはいえ、ITの時代に大事な連絡が十日も遅れたのは二つの理由があった。警察は、〝容疑者逮捕〟の際、コンピューターも含め出版の仕事に欠くことのできない道具を片っ端からかっさらっていってしまい、業務に混乱をきたしたこと（それが逮捕のもう一つの理由なら、目的はほぼ果たされようとしていた）。松岡さんが多くの人の支援を最も必要としていた時、わたしは国際学会で十日からスペインに行っており、ニューヨークの片田舎アルフレッドの大学オフィスには不運にも支援に応える主が不在であったこと。

あれから一ヶ月以上も経った今も、その業界では異端視されてきた松岡さんは拘留されたままなのである。こういった真夏の〝別荘暮らし〟は、そうでなければ〝娑婆〟でガンガン活躍しているだろうジャーナリストや出版業に携わる人にとってはやりきれない時間のロスに違いない。たとえそれが、いわゆる「暴露本」のジャーナリスト・出版者であったとしても、だ。「『暴露本』による名誉毀損容疑」と、メールからリンクした朝日新聞（七月十二日）は報道するが、その関西版のトップ記事の見出しが言うように、これは「出版社が強制捜査を受けるという異例の事態」であり、「言論界の波紋」として受け止められなければならない〝言論の自由〟をめぐる重大問題である。しかし、まだ日本の裏側アメリカには届いてはいないのだが、トップ記事を掲げた朝日新聞はこの〝同僚〟を当局の〝先制攻撃〟から守る論陣を張っただろうか？（朝日新聞、次はあなたの番かもしれない⁉）

「出版社が強制捜査を受けるという異例の事態」は、アメリカ政府のイラク先制攻撃（侵略戦争）に加担して〝だんだん戦争ができる国〟になりつつある日本政府・当局者の「言論の自由」に対する〝先制攻撃〟なのだから。六十年前の歴史が繰り返されつつある、と感じるのは遠くから日本を見ているわたしだけではないだろう。

学会に行く直前に、松岡さんから十冊以上もの本が郵送されてきた。自ら経営している「鹿砦社」が出版している本からのいくつかである。この三月の初春、京都にある友人・藤本敏夫の墓参りに行き、そこで初めて出会ったが、〝同志社大学の後輩〟と自己紹介されて、歴史の因縁を感じた。闘い半ばで逝った藤本敏夫はわたしたち二人の先輩であった。送ってもらった本、『この人に聞きたい青春時代』『紙の爆弾』『もうひとつの反戦読本』『徹底暴露！イラク侵略のホンネと嘘』『闘論・スキャンダリズムの眞相』（『噂の眞相』編集長・岡留安則氏と松岡さんとの対論集）などを読むと、それはもう、巷でいう単なる「暴露本」を超えているのがわかる。金儲けに走る人たちには小煩い蝿となり、小賢しく歴史の後戻りを狙う者たちには危険分子と映り、多くの平和ボケの人々には少数の跳ね上がり者の出版社――そう、至るところで一九六〇年代・七〇年代の〝反戦・反権力・造反・変革〟が呼び起こされるのである。半年近く前、墓に眠る〝先輩〟の引き合わせがなければ、〝今の日本の危機〟を象徴するいくつかの事件の一つを担う〝後輩〟と知り合いになる光栄には恵まれなかったかもしれない。

9・11以来、アフガニスタン・イラク戦争を通してアメリカの新聞・テレビが衝撃的にまで大政翼賛化してしまったが、日本でも読売新聞はいうに及ばず、朝日・毎日の三大新聞が翼賛新聞のように変わり果ててしまったと思える時、小さくとも信念を貫く出版社の社長逮捕は暗示的である。また、〝事件〟当初正しく見出しを付け、〝言論の自由〟の危機を直感しつつも、その後その〝事件〟の深さを認識できていないと思われるほどに平静を装う大手新聞社の後続のなさも、不気味なぐらいに暗示的である。言論界・出版界こそが今最も反応し、「異例の事態」を広く世間に知らしめ、〝同僚〟松岡利康を救う活動、論陣を張らなければならないのではないか。思い出したまえ、「戦争で最初に殺されるのが〝真実〟である」ことを。

松岡さんの境遇は、およそ二十年前の夏の自分を思い出させる。それは、レーガン大統領がソ連を〝悪の帝国〟と呼んだ冷戦の高潮期の一九八六年、学者の卵にも達していなかったわたしは、オランダでの国際学会発表の帰途、ニューヨークのケネディ空港で突然逮捕、連邦拘置所で四十四日間の〝別荘暮らし〟を余儀なくされた。ヴェトナム反戦活動を根拠に〝アメリカに好ましくない外国人〟(undesirable alien) として、「自由と民主主義の国」がわたしの再入国を拒否、国外追放にしようとしたのである (因みに、現在のイラク戦争の主役ペンタゴンのラムズフェルド国防長官はレーガン政権の国防長官であったし、アメリカの敵・イランと戦争していたイラク・フセイン大統領はアメリカの最高の友人で、ソ連のアフガニスタン侵攻と闘うオサマ・ビン・ラディンはＣＩＡに支援された自由の戦士 freedom Fighter

だった!）。実は、名もない無力の一日本人に最初に支援を差し伸べたのは、自分の国の日本政府ではなく、『ニューヨーク・タイムズ』紙のトップ記事と、釈放を訴える後続の社説だった。それがあって、今では信じられないがあのCNNも含めて、ほとんどのマスコミが〝ヤタニ支持〟にまわり、その「言論界の波紋」はワシントンDCの議員たちを動かした。一九八九年の第一〇一回議会は、アメリカ政府に睨まれたわたしを公聴会に招聘し、事件の〝真実〟を証言させ、四年後の一九九〇年、冷戦時代の悪法＝マッカラン・ウォルター移民法改正へと突き進んでいった。

三百万人以上の犠牲の上に戦後が始まって六十年。平和を願った日本国憲法を捻じ曲げて、嘘と欲のからんだアメリカのイラク先制攻撃・戦争に自衛隊を送り、どんどん危険な道を歩み始めた日本と、何も見えていないのかと思えるほどにあんまり異議を唱えない少なくない日本人。危険なアメリカに在って、遠く離れているとはいえそんな異常事態の母国に危惧を感じてしまう。そんな中で、数々の反戦・反権力の本や雑誌を出版している鹿砦社に、ほんの一部の出版物が「名誉毀損」の疑いで強制捜査が入り、社長が逮捕され、長期拘留された。戦前を除けば前代未聞ではなかろうか。一つ一つの細かい事実経過はわかりようもないけど、わたしには、戦争反対の政治的なデモをする人を、矮小な道路交通法違反で検挙し、つるし上げ、見せしめにし、「デモなんか、二度とすんなよ」

と鉄格子の中に向かってわめく、特権階級や当局のやり方をついつい想像してしまう。一般市民を守るとか、社会秩序のためとか、その逮捕・拘留に大義名分を付けるが、実は自分たちの権力や利益に都合の悪い組織や人物をぶっ潰す、そのことが主な目的であった多くの事件をほんの最近まで日本は見たはずではなかったか。そのからくりを、少なくとも〝六〇年代・七〇年代のわたしたち〟は証言できる。鹿砦社の強制捜査に抗議し、松岡利康を救い出す活動は、そういった戦後の歴史の中で重大な意味があると思う。

日本のマスメディアは、あれからもっとジャーナリズムの道を外れて来たのではないだろうか。

終わりに、家族のみんなにもお礼を言わなくてはならないと思う。英語もそうだが、わたしが日本語がうまく話せないこともあってか、「言いたいことがあったらもっと書きなさい」と激励されてきた。わたしたち一家が最も危機に晒されたあの「事件」の最中、ジャパニーズ・アメリカンの長男壮良は、全米向けのCNNニュースのカメラの前で「(王様が君臨しているわけではない民主主義の)アメリカで、僕たちの政府が僕のお父さんをこんな目にあわせるなんて、とても信じられない」と堂々と発言して周囲を感動させた。大学を出てゴミを燃やしてクリーンな空気を出す発電機会社に就職したが、わたしの誕生日に給料でモンブランの立派な万年筆を買ってくれた。この原稿は、その万年筆で書き始められた。

［編集部注］右に記された事件は、警視総監が天下りしたこともあるパチンコ業界大手創業者オーナーらによる「名誉毀損」の刑事告訴を受け、神戸地検特別刑事部が立件した事件。二〇〇五年七月十二日早朝、神戸地検は、鹿砦社本社、東京支社、松岡自宅を急襲、強制捜査を行い、松岡を連行、逮捕した。捜査は大手取次会社、関西の主要書店、製本所、倉庫会社、株主会社、書籍を購入したゲーム会社などにも及び、松岡は一九二日間も勾留された。最高裁まで争い、懲役一年二ヶ月、執行猶予四年の有罪判決が確定した。

捜査を指揮した検事（特別刑事部長）は、その後、大阪地検特捜部長に昇任した際、厚労省郵便不正事件で証拠改竄に連座し逮捕、有罪判決を受け失職するという前代未聞の事件に関わった。松岡に直接手錠を掛けた主任検事は、深夜泥酔、器物破損事件を起こし、降格・懲戒処分を受けた。こうしたことからも、本件がいかにでたらめな検事により作られた事件であることが窺えよう。さらに民事訴訟も起こされ、出版差し止めの仮処分、「名誉毀損」での損害賠償が課され、一審三〇〇万円、控訴審で倍額の六〇〇万円となり、こちらも最高裁で確定した。

本件は、言論機関である出版社に対する「名誉毀損」事件として刑事事件で立件された稀なケースで、月刊ペン事件、噂の真相事件があるぐらいで、代表者逮捕、半年余りの長期勾留は初となり、憲法二十一条の「表現の自由」「言論・出版の自由」が侵害された事件である。その間、鹿砦社は事実上の倒産、壊滅状態になるが、みずからの体験を重ねた本書著者や取引先はじめ多くの方々の支援で再興した。そうした意味で、「ヤタニ・ケース」で逮捕の憂き目に遭いながらも研究者の地位を固め大学教授として教壇に立った矢谷と、右の事件で逮捕されつつも地獄の中から這い上がり会社再興した松岡は、時代こそ違え先輩・後輩として共に同志社大学学友会という自治組織で活動し、それは同志社を含めた日本の学生運動が引き継いできた「社会の不正に対するノン」の証といえよう。

矢谷暢一郎（やたに・ちょういちろう）

1946年生まれ。島根県隠岐の島出身。

1960年代後半、同志社大学在学中、同大学友会委員長、京都府学連委員長としてヴェトナム反戦運動を指揮。1年半の病気療養などのため同大中退。

77年渡米、ユタ州立大学で学士号、オレゴン州立大学で修士号、ニューヨーク州立大学で博士号を取得。

85年以降、ニューヨーク州立大学等で教鞭を執る。

86年、オランダでの学会の帰途、ケネディ空港で突然逮捕、44日間拘留、「ブラック・リスト抹消訴訟」として米国を訴え、いわゆる「ヤタニ・ケース」として全米を人権・反差別の嵐に巻き込んだ。現在、ニューヨーク州立大学教授（心理学）。

著書に、逮捕後の経緯と顛末を記述した『アメリカを訴えた日本人――自由社会の裂け目に落ちて』（1992年、毎日新聞社）がある。

日本人の日本人によるアメリカ人のための心理学――アメリカを訴えた日本人2

2014年11月14日初版第1刷発行

著　者――矢谷暢一郎
発行者――松岡利康
発行所――株式会社鹿砦社（ろくさいしゃ）
●本社／関西編集室
兵庫県西宮市甲子園八番町2－1　ヨシダビル301号　〒663-8178
Tel. 0798-49-5302　Fax.0798-49-5309
●東京編集室
東京都千代田区三崎町3－3－3　太陽ビル701号　〒101-0061
Tel. 03-3238-7530　Fax.03-6231-5566
URL　http://www.rokusaisha.com/
E-mail　営業部○ sales@rokusaisha.com
編集部○ editorial@rokusaisha.com

印刷／製本――中央精版印刷株式会社
装　丁――鹿砦社デザイン室
ＤＴＰ――風塵社

Printed in Japan　ISBN978-4-8463-1029-5　C0036
落丁、乱丁はお取り替えいたします。お手数ですが、弊社までご連絡ください。